KB064979

작품 해설과 함께 읽는

미하일 유리예비치 레르몬토프의
사랑과 시와 연인

작품 해설과 함께 읽는

미하일 유리예비치 레르몬토프의
사랑과 시와 연인

홍기순

보고사
BOGOSA

동서고금을 막론하고 시인과 작가들이 여성에 대한 숭고한 사랑의 감정이 부재한 상태에서 위대한 작품을 창작한 적은 없다고 단언해도 과언은 아닐 것이다. 그들의 삶에서 사랑은 때로는 매우 황홀하고 행복한 순간을 제공하지만, 때로는 비극적이고 치명적인 고통을 야기하는 역할을 수행하였기 때문이다. 이런 이유로 고대 그리스 로마의 고전주의 시인들은 사랑을 가장 아름답고 고결한 감정이라고 찬미하였다. 19세기 초 러시아 문학사에서 가장 열정적인 시인 중 한 명인 레르몬토프는 낭만적인 성향의 사랑의 서정시를 특히 많이 남겼다. 시인보다 조금 앞서 활동한 푸슈킨이 자신의 서정시에서 열정과 영감으로 가득한 사랑에 대해 묘사했다면, 레르몬토프는 삶에 대한 실망과 비실현성에 대한 예측 속에서 서로 공감하지 못한 사랑의 고통과 비애에 대해서 썼다. 하지만 레르몬토프에게도 역시 황홀하고 행복하며 경이로웠던 그런 순간도 있었다. 레르몬토프의 사랑의 서정시는 자신이 한때 열렬히 사랑했던 많은 연인들에게서 영감을 얻어 창작되었고, 그가 그렇게 사랑하고 숭배했던 연인들에 대한 다양하고 복잡한 감정들을 솔직하게 표현하고 있다. 레르몬토프의 시의 수신자로 언급되는 가장 선명한 몇 명의 뮤즈를 꼽을 수 있는데, 이를 테면 수슈코바(E.

А. Сушкова), 이바노바(Н. Ф. Иванова), 로푸히나(В. А. Лопухина), 셰르바토바(М. А. Щербатова), 븨호베츠(Е. Г. Быховец)가 있다. 하지만 이들 모두가 시인의 뮤즈로서 아름답고 행복한 사랑과 경이롭고 찬란한 영감으로 자리했던 것은 아니다. 레르몬토프는 생전에 160여 편의 사랑의 서정시를 썼는데, 본고에서는 약 40여 편의 대표적인 작품들에 대해서 살펴볼 것이다. 레르몬토프의 모든 작품들에서 연인과 관련된 사랑의 테마가 일관되게 강조되고 있는데, 시인은 1/3 이상의 작품을 이 고결한 사랑의 감정에 헌사하였다. 레르몬토프는 27세라는 단명의 삶을 영위하는 동안에 매우 짧은 기간이긴 하지만, 단발성의 강력한 사랑에 대한 관심과 그에 따른 실망과 고통으로 점철된 다양한 사랑의 경험들을 체득하였다.

레르몬토프는 10대의 소년시절부터 시를 쓰기 시작했고, 많은 여성들에게 사랑에 쉽게 빠지곤 했다. 레르몬토프의 사랑의 서정시는 크게 비극과 드라마로 구별되는데, 이것은 우선적으로 순탄하지 않게 끝난 시인의 개인적인 삶과 관련된다고 할 수 있다. 그는 자신이 사랑했던 아가씨들과의 연애사에서 극단적으로 운이 따르지 않았는데, 특히 청소년기에 만났던 연인들은 젊은 시인의 감정에 대해서 조롱하거나, 그의 구애를 거의 노골적으로 거부했다. 따라서 레르몬토프의 작품에서 사랑의 테마는 종종 순교자의 운명과 같은 특징들을 보여주고 있다. 그는 일생 동안 희생적이고 진실하며 헌신적인 사랑을 원했으나 동시대의 세속적인 삶의 부조화는 항상 사랑의 아름다움과 이상을 침해하였고, 음모의 프리즘과 세속 사회의 풍문을 통과하면서 저속해지고 추악해졌으며, 비방과 중상으로 변질되었다. 레르몬토프의 작품에서 묘사된 사랑은 고상하고 밝고 진실한 감정이지만, 다른 한편으로는 무책임하거나 절망적인 상태로 인해 상실될 운명이었다. 시인은 자신의 시 작품을 통해서 상상 속에 존재하는 여성의 '이상성'을 창조하기 위해 노력했지만, 현실 생활에서 그는 그 '이상성'을 찾지 못했다. 레르몬토프는 생애 마지막 몇 년 동안 자신의 이상적인 여성상에 가장 근접한 연인이었던 바르바라 로푸히나의 매력에 푹 빠져 있었다. 그녀는 그에게 진실한 사랑으로 유일하게 응답을 해주었고, 결혼에 기꺼이 동의할 준비가 되어 있었으나, 시인은 자신의 경솔한 행동으로 인해 실현 가능했던 행복을 스스로 포기했다. 레르몬토프는 자신의 시에서 로푸히나를 신성화시키고 있으면서도 자신이 그녀와 결혼함으로써 수반되는 카프카스 유배와 같은 부수적인 고통을 사랑하는 연인이 함께 감내해야 한다는 현실을 두려워했다. 이와 같은 복잡한 상황으로 인해서 레르몬토프는 자신의 운명을 실패한 것으로 간주했고, 자신의 인생에서 어떤 밝은 전망도 찾지 못했다. 하지만 레르몬토프의 사랑의 서정시의 주인공들은 사랑으로 인해 끊임없이 고통을 겪고 있지만, 그럼에도 여전히 그 사랑이 외로움에서 자신을 구원해 주기를 희망하고 있다. 사랑의 주제에 대한 시인의 작품들은 자신의 정신적 체험, 시인의 주변 세계에 대한 인식, 여성의 '이상성'에 대한 영원한 탐구와 그것에 대한 상충되는 현실을 반영하고 있다. 레르몬토프의 사랑의 서정시에서 묘사된 사랑은 고통이지만, 아마도 그 달콤한 고통이 없다면, 인생은 자체의 모든 특성을 상실할 것이다.

　필자는 처음에 본고를 레르몬토프의 사랑의 서정시를 번역하는 작업으로 가볍게 시작하였으나, 작품을 번역하면서 시인이 왜 그렇게 열정적으로 사랑을 하게 되었고, 왜 그렇게 비통하게 호소하고 원망 섞인 질책을 하고 있는지에 대한 의문이 생겼다. 필자는 이를 해결하기 위해서 시인의 각각의 시 작품이 함축하고 있는 동시대 상황이나, 시인과 사랑했던 연인들과의 내밀하고 복잡한 관계, 그리고 작품의 창작 동기 및 개괄적이지만 시학적 분석과 해설 작업을 심도 있게 수행하기로 계획을 수정하였다. 레르몬토프가 사랑을 주제로 다루고 있는 160여 편의 서정시를 전부 분석하여 그 결과물을 한 번에 정리하여 전체적으로 세상에 내놓았다면 훨씬 더 가치 있는 작업이었겠지만, 시인이 '사랑'을 주제로 쓴 40여 편의 작품에 대한 해설서를 우선 출판하게 된 것도 과문한 저자의 역량으로서는 그나마 다행이라 생각한다. 혹여 본고에서 레르몬토프의 시를 정확하게 고찰·분석하지 못했거나, 저자가 참고 자료로서 인용하고 활용한 러시아 인터넷 상의 잘못된 정보의 사용, 혹은 보다 더 심오하고 상세한 전문 연구서 활용의 부족한 부분에 대한 질책은 기꺼이 저자가 감수해야 할 몫이며, 그에 대한 보완적 연구는 러시아 문학을 전공하는 후배 제현의 향후 역작에서 기대해 본다.

러시아 사랑의 서정시에 대한 시선집(詩選集)을 번역 출판하기로 출판사 사장님과 처음에 약속을 하고 시작한 작업을 원래 기획했던 일정을 지키지도 못한 채, 중간에 독단적으로 각각의 시 작품에 대한 해설과 분석을 포함시키는 레르몬토프 '사랑의 서정시'를 고찰하는 전문 해설서로 내용을 수정하였다. 본고의 작업 과정에서 내용의 전폭적 수정으로 방향을 전환하는 동안에 설상가상으로 코로나19 사태에 따른 출판계의 힘든 경제적 상황 속에서도 말없이 지켜보면서, 이 책을 세상에 빛을 볼 수 있게 물심양면으로 도움을 주신 보고사 김흥국 사장님과 깔끔하고 멋지게 편집 작업을 이순민 씨에게 이 자리를 빌어 감사를 전한다.

작가 소개

　미하일 유리예비치 레르몬토프(М.Ю. Лермонтов)(1814~1841)는 스코틀랜드에서 러시아로 이주한 용병 출신의 몰락한 귀족인 아버지와 모스크바 명문 귀족 태생의 어머니 사이에서 태어났습니다. 그의 어머니는 명문가 집안의 외동딸이었는데, 젊은 장교에게 반해서 가족들의 반대에도 불구하고 결혼을 하였습니다. 레르몬토프의 어머니가 아들을 낳고 3년 후에 폐결핵으로 세상을 떠나자, 외할머니인 옐리자베타 아르세니예바는 처음부터 마음에 들지 않았던 사위와 외손자의 양육권을 두고 수년 동안 격렬하게 다투다가 마지막에는 그에게 돈을 주고 외손자의 양육권을 갖게 됩니다. 레르몬토프는 어린 시절부터 외할머니의 과보호와 편애를 받으면서 자기 밖에 모르는 외골수의 소년으로 성장하게 됩니다. 그의 유년 시절을 전체적으로 상기시켜 주는 기억은 피아노를 치면서 노래를 불러주던 어머니에 대한 따뜻한 추억과 함께 외할머니와 아버지 사이의 양육권의 쟁취를 위한 지속적이고 치열한 다툼이 전부였습니다. 레르몬토프는 자신의 어머니에 대한 그리움을 시 《천사(Ангел)》(1831)에서 묘사하고 있습니다.

　레르몬토프는 여덟 살 때부터 시인이 되겠다고 결심을 하였고, 10대 초반부터 습작시를 쓰면서 자신의 재능을 개발하기 시작합니다. 이

때 그는 이미 프랑스어, 독일어, 영어를 완벽하게 습득하였고, 당시 유행하던 유럽 문학 작품을 두루 섭렵하였는데, 특히 영국의 낭만주의 시인 바이런에 심취되었습니다. 레르몬토프의 시 중에 «나는 바이런이 아니라, 다른 사람이다(Нет, я не Байрон, я другой)»(1832)라는 작품이 있을 정도로 바이런에게 경도되어 있었습니다. 또한 러시아 시인으로는 푸슈킨의 절대적인 영향을 받았습니다. 그가 시인으로서 자기 정체성을 확고하게 다지고 문학사에 이름을 남기기 위해서는 푸슈킨과 바이런은 반드시 극복해야 할 위대한 표상이었습니다. 레르몬토프는 자신의 창작을 통해 강렬한 고뇌와 반항아적 개성을 명확하게 드러내면서, 비극적 세계관과 부조화로 가득한 작품 세계를 보여주었습니다. 따라서 그의 작품에서는 자유의 주제와 함께 인간의 고독과 죽음, 자기애, 악마적 마성 등이 창작의 주된 테마로 자리했습니다.

레르몬토프는 1830년 모스크바 대학교에 입학하여 공부했지만, 대학에서 교수와의 불화로 1832년에 자퇴를 하고, 외할머니의 도움을 받아 페테르부르크 기병사관학교로 옮기게 됩니다. 그는 근위기병 사관학교를 다니면서 시를 계속 창작하였고, 사관학교를 무사히 졸업한 후, 1834년부터 차르스코예 셀로의 경기병 연대의 장교가 되어 군복무를 시작하게 됩니다. 레르몬토프가 시인으로 러시아 문단에 등단하게 된 계기는 푸슈킨이 단테스와의 결투로 1837년 1월에 사망하게 되자, 그는 «시인의 죽음(Смерть поэта)»(1837)을 발표하였고, 이 작품은 러시아 사회에 큰 파장을 불러일으킵니다. 레르몬토프는 푸슈킨이 자신의 아내와 단테스 사이의 염문에 따른 사교계의 추악한 스캔들로 인해 야기된 결투의 결과에 따라 허망하게 죽음을 맞게 된 것이 아니라, 러시아 황실과 상류사회의 계략과 음모에 따라 억울한 죽음으로 내몰린 것으로 보았고, 자신의 시를 통해서 당시 상류사회에 대한 비난과 외국인 살인자에 대한 분노의 감정을 격정적인 어조로 토로하였습니다. 레르몬토프는 시 «시인의 죽음»을 통해서 러시아 문학계의 새로운 젊은 신성으로 등장하게 되었지만, 그 결과는 개인적으로 혹독한 대가를 치르게 됩니다. 레르몬토프는 시 발표 이후 체포되어 경기병 장교의 직위를 박탈당하고, 당시 러시아의 최전선이던 카프카스의 전투 부대로 유배됩니다. 하지만 러시아 황실에도 손을 쓸 수 있을 정도의 막강한 영향력이 있는 외할머니의 도움으로 1년 후에 다시 복직되어 페테르부르크로 돌아오게 됩니다. 페테르부르크에 돌아온 레르몬토프는 이미 동시대 최고의 시인으로서 명성을 얻었고, 이후 3~4년 동안 꾸준히 다양한 작품 활동을 하였으며, 1840년에는 그의 대표작인 «우리시대의 영웅(Герой нашего времени)»을 발표하여 동시대 최고의 작가로서의 영예도 얻게 됩니다. 그러나 같은 해에 레르몬토프는 무도회에서 사소한 일로 프랑스 대사의 아들인 에르네스트 드 바란트와 결투를 하게 되었고, 그 사건의 결과 두 번째로 카프카스 전투 부대로 다시 유배를 가게 됩니다. 그는 이 두 번째 유배시기에 카프카스의 체첸인들과의 전투에 직접 참가하여 혁혁한 공을 세웠지만, 황제는 그의 군사적 공적에 대한 포상을 거부하는 대신에 페테르부르크를 방문할 수 있는 짧은 휴가를 허락할 뿐이었습니다. 레르몬토프는 페테르부르크에서 휴가를 보내면서 자신의 생애 마지막 해에 많은 계획들을 세웠는데, 그 중 첫 번째가 군대에서 제대를 한 후 작품 활동과 잡지를 출판하는 일을 도모하고자 하였으나 외할머니의 반대로 그의 희망은 이루어 지지 않았고, 복귀 명령에 따라 1841년 4월에 자신의 근무지인 카프카스로 돌아가기 위해 길을 떠납니다. 이 복귀의 여정에 들른 카프카스의 휴양 도시 퍄티고르스크에서 친구인 마르띄노프(Н.С. Мартынов)와 다툼이 벌어지고, 그 결과로 초래된 결투에서 생을 마감하게 됩니다. 러시아 낭만주의를 절정에 올려놓고, 러시아 리얼리즘의 토대를 마련한 시인이자, 소설가, 극작가인 레르몬토프는 27세의 젊은 나이에 지난한 생을 마감한 후, 펜자(Пенза) 주의 타르한(Тархан)에 있는 외가의 가족묘지에 안장이 됩니다.

레르몬토프가 1837년 «시인의 죽음»을 통해서 시인으로서 최고의 명성을 얻고 난 후, 1841년 7월에 결투로 죽었기 때문에 문학 활동을 한 시기는 매우 짧지만, 약 400여 편의 시와 30여 편의 서사시를 창작하여 러시아 문학사에 큰 획을 긋는 시인이자 작가로서의 명성과 영예를 확고하게 얻었습니다. 레르몬토프의 작품들에서는 시인 자신의 죽음에 대한 예언을 함축하고 있습니다. 특히 1841년 5월에서 6월 초 사이에 «나 홀로 길을 나서네(Выхожу один я на дорогу)»라는 시를 발표하였는데, 러시아 문학 연구자들은 시인이 죽기 한 달 전에 발표한 이 시를 시인이 자신의 죽음을 예감하고 마지막으로 남긴 유작시로 간주하고 있습니다. 레르몬토프는 평생 동안 고독한 생활을 영위하였고 친구와의 결투로 인해 죽음을 맞았는데, 그는 사후에도 고독한 시인이자 작가의 특성을 보여줍니다. 황제 니콜라이 I세가 시인을 매우 싫어했기 때문에 그의 장례식에는 소수의 지인들만 참석하였으며, 그의 탄생 100주년이 되는 1914년에는 제1차 세계대전이 발발하였습니다. 또한 그의 사후 100주년이 되는 1941년에는 제2차 세계대전의 서막이라 할 독-소 전쟁이 시작되면서 그의 출생이나 죽음과 관련된 어떠한 기념행사도 제대로 치루지 못한 특이한 이력을 보여주면서 그의 삶에서의 "고독"의 상징성을 다시 한 번 더 확인시켜 줍니다.

목차

제II부 지인 및 다른 여성들에게 헌정한 시

제III부 카프카스 테마의 시

제IV부 자아 성찰의 시

제I부

레르몬토프의
사랑의 서정시와 연인들

예카테리나 알렉산드로브나 수슈코바

Екатерина Александровна Сушкова

[그림 1] 미하일 레르몬토프 / 예카테리나 수슈코바

레르몬토프의 사랑의 테마는 시인이 처음으로 열정적인 사랑에 빠졌던 창작의 초기 시작품들에서 특히 분명하게 관찰할 수 있다. 그가 열여섯 살 때 사랑에 빠진 여성은 18세의 예카테리나 수슈코바로 최신 유행에 따른 옷을 입은 검은 눈의 미녀였다. 1830년에 그가 외할머니 옐리자베타 아르세니예바(Елизавета Арсеньева)와 함께 모스크바 근교로 잠시 거처를 옮겼던 세레드니코보(Середниково)에서 그녀를 처음 만났다. 수슈코바는 그 보다 연상이었기 때문에 시인을 미래를 함께 할 연인으로 보다는 소년으로 대하면서, 그의 진실한 사랑 표현과 감정을 진지하게 받아들이지 않았다. 1830년 레르몬토프는 자신의 시 전부를 그녀에게 헌정했다. 수슈코바는 처음에 자신이 시인의 열렬한 흠모의 대상이라는 사실을 인식하지 못한 채, 한편으로는 그의 시를 호의적으로 들어주면서도, 다른 한편으로는 시인을 공개적으로 조롱하는 태도를 숨기지 않았다. 레르몬토프는 그녀에게 자신의 사랑을 솔직하게 고백하였고, 그녀에게 순수하게 매료 되어 있었다. 그들 사이의 로맨스는 서로 공감을 얻지 못한 채, 1830년부터 1831년까지 1년 동안 지속되었다. 그녀는 시인을 연인이나 미래의 신랑감으로 전혀 고려하지 않고 있었다. 그녀가 부유한 귀족 가문과의 계산적인 결혼을 꿈꾸면서 가을에 페테르부르크로 떠났고, 레르몬토프는 모스크바에서 대학에 입학하게 됨으로써 그들의 관계는 끝이 났다. 이 때에 시인이 쓴 시로는 «구걸자(Нищий)», «수슈코바에게(К Сушковой)», «꿈으로 희망을 불러라…(Зови надежду сновиденьем…)» 등이 있다.

그러나 5년이 지난 후 페테르부르크에서 멋진 근위대 기병 장교가 된 레르몬토프가 그녀 앞에 다시 나타났다. 레르몬토프는 수슈코바가 자신의 친구인 알렉세이 로푸힌(Алексей Лопухин)과 곧 결혼할 것이라는 사실을 알고 난 후, 그는 그녀에게 복수를 할 음모를 꾸몄고 곧바로 그 계획을 실행에 옮겼다. 그는 매우 영악하고 세련되게 행동하면서 그녀의 마음을 완전히 사로잡아 자신에게 흠뻑 빠지도록 만들었고, 그 결과 수슈코바와 알렉세이의 결혼은 취소되었다. 수슈코바가 더욱 강한 애착을 보이면서 자신에게 매달리자, 레르몬토프는 주위 사람들 앞에서 자신은 그녀를 결코 사랑하지 않는다고 선언하면서 그녀에게 큰 수모를 주었고, 결국 그들은 그렇게 비극적으로 헤어지게 되었다. 레르몬토프는 자신이 청소년 시기에 그녀에게 당했던 모욕적인 짝사랑에 대해 이렇게 응징한 것을 매우 만족스러워 했지만, 이 사건의 결과는 시인 자신과 바르바라 로푸히나(В. Лопухина)와의 관계를 돌이킬 수 없는 파국으로 이끌었다. 따라서 레르몬토프의 전기에서 이 사건은 가장 어두운 페이지가 되었다.

레르몬토프의 서정시 «봄(Весна)», «그럼, 안녕! 처음으로 이 소리가… (Итак, прощай! Впервые этот звук…)», «검은 눈동자(Черные очи)», «이야기가 당신에게 소문을 들려 줄 때…(Когда к тебе молвы рассказ…)», «나는 밤의 고요함 속에 홀로 있다네(Один я в тишине ночной)», «내 앞에 편지가 있어요…(Передо мной лежит листок…)» 등은 예카테리나 수슈코바에 대한 이런 복잡하면서도 다양한 감정을 바탕으로 창작되었다. 이제 수슈코바에게 헌정된 몇 편의 대표적인 시에 대해서 살펴보도록 하자.

Благодарю

Благодарю!.. Вчера мое признанье
И стих мой ты без смеха приняла;
Хоть ты страстей моих не поняла,
Но за твое притворное вниманье

Благодарю!

В другом краю ты некогда пленяла,
Твой чудный взор и острота речей
Останутся навек в душе моей,
Но не хочу, чтобы ты мне сказала:

Благодарю!

Я б не желал умножить в цвете жизни
Печальную толпу твоих рабов
И от тебя услышать, вместо слов
Язвительной, жестокой укоризны:

Благодарю!

О, пусть холодность мне твой взор покажет,

Пусть он убьет надежды и мечты

И все, что в сердце возродила ты;

Душа моя тебе тогда лишь скажет:

Благодарю!

⟨1830⟩

감사합니다

감사합니다!.. 어제 당신은 나의 고백과
내 시를 비웃지 않고 들어 주었어요;
비록 당신이 내 열정을 이해하지 못했을 지라도,
당신의 가식적인 관심에 대해서도요

감사합니다!

당신은 언젠가 다른 지역에서 황홀케 만들었어요,
당신의 멋진 시선과 재치 있는 말솜씨는
내 영혼에 영원히 남아있을 거예요,
그러나 나는 당신이 내게 이리 말하는 것을 원치 않아요:

감사합니다!

나는 당신의 슬픈 노예들의 무리로
삶의 색채에 곱하는 것을 바라지 않아요
그리고 독설의 잔인한 비난의 말 대신에,
당신으로부터 듣는 것도 바라지 않아요:

감사합니다!

오, 당신의 시선이 내게 차갑게 느껴지게 해주세요,
그 눈길이 희망과 꿈을 소멸시키게 해 주세요
그리고 당신이 네 마음속에서 모든 것을 부활시키면;
그 때에서야 내 영혼은 당신에게 말할 거예요:

감사합니다!

〈1830〉

해설과 분석
Комментария и анализ

레르몬토프의 초기 사랑의 서정시는 1830년 8월에 창작되었으며, 예카테리나 알렉산드로브나 수슈코바(Е.А. Сушкова)에 대한 감정에 따라 소환된 것입니다. 시인이 외할머니의 남동생 영지에서 여름을 보내면서 매혹적인 수슈코바를 만나게 되었고, 그녀에게 사랑에 빠진 동안에 이 시를 헌정하였습니다. 이 시가 창작될 당시 그들의 애매한 관계가 젊은 시인에게 매우 고통스러웠다는 것을 알 수 있습니다. 시인은 자신의 감정을 여러 차례에 걸쳐 공개적으로 진정성 있게 표현하였지만, 그녀의 대답은 여전히 없었습니다. 또한 그들이 헤어져야만 하는 가을이 다가왔고, 앞으로 몇 년 동안 그들이 헤어져 지내야 할지 전혀 몰랐기 때문입니다. 레르몬토프의 «감사합니다(благодарю)»는 시인이 사망 한 후, «강독을 위한 도서관(Библиотека для чтения)»에서 최초로 출판되었습니다.

이 시는 장르상 사랑의 서정시이며, 운율상으로는 약강 4음보에 4연으로 구성되었습니다. 서정적 주인공은 혹독하게 사랑에 빠진 시인 자신이라는 사실을 작품의 구성에서 다의적인 의미를 갖는 반복 후렴구 '감사합니다(благодарю)'를 사용하여 적극적으로 강조하고 있습니다. 따라서 시인은 이 후렴구를 통해서 자신이 느끼는 감정들에 대해서 단지 '감사하다'는 단어를 사용하여 자신의 비통함과 원망을 역설적으로 표현하고 있습니다. 당신은 '비웃음 없이 들었어요(без смеха приняла)'라는 구절로 이 시의 존재를 인식하고 있다는 사실을 주지시키면서 고통스러운 아이러니로서 짝사랑하는 아가씨에게 시적 주인공은 자신의 호의를 표현하고 있습니다. 시인은 사랑하는 연인의 조롱과 야유, 모욕적인 무관심에 고통스러워하면서도, 그녀의 관심을 거의 받지 못하고 무시당한 증표로서 자신에게 용기를 북돋기 위한 시를 쓰고 있습니다. 또한 우리는 '다른 지역에서(В другом краю)'라는 표현을 통해서 주인공의 삶의 한 장이 완전히 전도되고 나면, 그의 고통도 이제 끝날 것이라는 사실을 예측할 수 있습니다. 그녀는 시의 제목에 함유된 단어를 통해서 시가 전하고 있는 의미에 대한 유사한 응답을 하고 있습니다. 3연에서 시인은 자신의 인생에서 가장 좋았던 시기의 몇 년 동안을 숭배하는 여성의 우상화에 낭비하는 '슬픈 노예의 무리(печальной толпе рабов)'에 합류하는 것을 원하지 않는다는 것을 분명히 언급합니다. 이 '노예의 무리들' 모두가 자신과 마찬가지로 슬프다는 것과 그들 중 어느 누구도 시인 자신에게 필적할 만한 행복한 경쟁자가 없다는 사실을 이미 알고 있습니다. 그들 모두가 자신처럼 외롭고 고독한 상태이기 때문입니다.

마지막 연에서 시인은 이미 마음속으로는 사랑하는 연인에게서 조롱과 멸시 받을 준비를 하고 있었기 때문에, 그들이 처음 만났을 때 '독살스러운 비난(язвительной укоризны)'의 포화 대신에 '감사합니다!'를 외칠 정도로 자신의 마음이 떨렸다는 사실을 인정하고 있습니다. 그는 이별 직전에 독자적인 삶으로 가는 여정에서 든, 문학적 삶의 여정에서 든 더 이상의 불평은 토로하지 않고 '감사합니다!(Благодарю!)'로 시를 마감합니다. 형용어구로는 '멋진 눈(чудный взор)', '위선적인 관심(притворное вниманье)', '잔인한 비난(жестокой укоризны)'이 사용되었고, 은유법으로는 '시선이 죽을 것이다(взор убьет)'가 보이며, 도치법으로는 '당신이 부활했다(возродила ты)'가 사용되고 있습니다.

Стансы

I

Взгляни, как мой спокоен взор,

Хотя звезда судьбы моей

Померкнула с давнишних пор

И с нею думы светлых дней.

Слеза, которая не раз

Рвалась блеснуть перед тобой,

Уж не придет, как этот час,

На смех подосланный судьбой.

II

Смеялась надо мною ты,

И я презреньем отвечал —

С тех пор сердечной пустоты

Я уж ничем не заменял.

Ничто не сблизит больше нас,

Ничто мне не отдаст покой...

Хоть в сердце шепчет чудный глас:

Я не могу любить другой.

III

Я жертвовал другим страстям,

Но если первые мечты

Служить не могут снова нам —

То чем же их заменишь ты?..

Чем успокоишь жизнь мою,

Когда уж обратила в прах

Мои надежды в сем краю,

А может быть, и в небесах?..

⟨26 августа 1830⟩

스탠자[1]

I

내 시선이 얼마나 평온한 지 보세요,
비록 내 운명의 별이
그녀와 함께 할 즐거운 날의 생각들이
아주 오래 전부터 사라졌지만요.
눈물이 여러 차례에 걸쳐
당신 앞에서 빛을 내며 솟구쳐 흘렀지요,
운명이 몰래 보낸 비웃음에, 이 시간처럼,
더 이상은 흘리지 않을 거예요.

II

당신은 나에 대해 비웃었고,
나는 무관심으로 대답 했어요 —
그때부터 심장의 허전함을
나는 어떤 것으로도 바꾸지 않았어요.
어떤 것도 우리를 더 이상 친하게 만들지 않았고,
어떤 것도 내게 평온을 주지 않았어요...
비록 마음속에서 황홀한 목소리가 속삭일지라도:
나는 다른 여성을 사랑할 수 없어요.

---

1) 하나의 연에서 완결된 사상을 담은 4행 이상의 각운이 있는 시.

III

나는 다른 열정에 희생했지요,
하지만 만일 최초의 소망들이
우리에게 다시금 도움이 되지 않는다면 —
그럼 당신은 그것들을 무엇으로 대체할 건가요?
당신은 내 인생을 무엇으로 진정시킬 건가요,
당신이 먼지로 이미 바뀌어 버렸을 때
내 희망들이 이 땅에 있을까요,
아니면, 천상에 있을까요?

〈1830.08.26〉

이 시는 1830년 8월 26일에 창작되었습니다. 낭만주의 경향의 서정시 《스탠자(Стансы)》도 시인이 연인 수슈코바에게 헌정한 시입니다. 《스탠자(Stanzas)》는 중세 시의 정신을 계승하고 있는 운문에 속하는데, 레르몬토프의 시 《스탠자》는 사랑하는 연인 사이의 상호주의가 작용하지 않는 관계에 헌정된 많은 연작시 중 하나입니다. 시인은 중세 남부 프랑스의 방랑시인(трубадур)들의 서정시 형식을 선택하였고, 그는 자신이 처음으로 느낀 강한 감정의 경험을 내용으로 채우고 있습니다. 이 작품은 장르상 사랑의 서정시이며, 운율은 교차운을 띄는 약강격 압운에 3연으로 구성되어 있습니다. 물론 서정적 주인공은 공감받지 못하는 사랑으로 고통을 받는 시인 자신입니다. 주인공의 슬픔이 담긴 어조는 감탄을 피하면서, 단지 두 개의 질문과 몇 개의 말줄임표가 사용되고 있습니다. 2연의 '어떤 것도 우리를 더 친하게 만들지 않았다(Ничто не сблизит больше нас)'라는 표현에서는 다른 사람들에게 교태를 부리는 요염한 여인을 잊게 하는 통상적인 결정의 단호함을 보여주고 있습니다. 그러나 주인공은 첫 행에서 이렇게 요청하고 있습니다: '내 시선이 얼마나 평온한 지 보세요(взгляни, как мой спокоен взор).' 왜 시인에게는 그렇게 여겨졌으며, 이것이 그녀에게는 어떻게 보였을까요? 젊은 시인의 입에서 언급된 '내 운명의 별(звезда судьбы моей)'이라는 과장된 은유는 한편으로는 우스운 것이지만, 레르몬토프의 입에서는 매우 진정성 있게 울려 퍼지고 있습니다. 또한 여지배자의 조롱으로 인해 '눈물이 솟구쳐 흐른다(Слеза рвалась блеснуть)'라는 표현은 청년의 자존심이 고통을 겪고 있음을 단적으로 보여주고 있습니다. 두 번째 연은 수슈코바의 무자비한 조롱을 테마로 새롭게 시작합니다. '나는 다른 사람을 사랑할 수 없다(Я не могу любить другой)'와 같은 고백은 시 전체의 바이런풍의 구조를 거의 무력화 시키고 있습니다. 3연의 '무엇으로 진정시킬 건가요?(Чем успокоишь?)'라는 표현은 시인이 아가씨에게 자신의 고통에 대해서 어떻게 보상할 것인가를 재촉하고 있습니다. 시인은 그녀에게 기회를 주고 있는 것처럼 보이지만, 그녀의 잘못이 너무나 크다는 점을 주장하고 있습니다. 5년이 지난 후, 시인 자신이 이 모든 것에 대해서 그녀에게 복수를 할 것이라는 사실을 예고한 것 같습니다. 하지만 그는 이 복수의 과정에서 자신의 개인적 운명 또한 파괴하게 됩니다. 레르몬토프가 수슈코바에게 복수하기로 하면서, 그는 자신의 친구 알렉세이 로푸힌(А. Лопухин)과의 우정이 끝나게 되는 것조차도 두려워하지 않았습니다. 페테르부르크 사교계에서 레르몬토프와 수슈코바와의 이 스캔들이 회자되었고, 모스크바에 있던 그의 유일하고 진정한 사랑이었던 로푸히나(В. Лопухина)에게도 전해집니다. 결국 알렉세이 로푸힌과 수슈코바의 결혼이 취소되었고, 레르몬토프와 바르바라 로푸히나의 연인 관계도 비극적인 파국에 이르게 됩니다.

시의 마지막 부분에서는 '내 희망들은 이 땅에 있을까요, 아니면, 천상에 있을까요?(Мои надежды в сем краю, а может, и в небесах?)'와 같은 표현은 연인의 매혹의 강력함이 자신의 숭배자의 사후의 운명까지도 영향을 줄 수 있음을 보여주고 있습니다. 이와 같은 수사학적 질문은 그가 아직 이런 비극적 운명에 확실한 해결 방안이 없다는 것을 암시하고 있습니다. 비교법으로는 '이 시간처럼(как этот час)'이 사용되었고, 도치법으로는 '당신은 비웃었고, 당신은 (무엇으로) 대체할 겁니까(смеялась ты, заменишь ты)'를 찾아 볼 수 있으며, 어두중첩법은 이중부정을 보여주는 '어떤 것도 아닌(ничто не)'이 2연의 중간에서 두 차례나 사용되었고, 은유법으로는 '마음속에서 목소리가 속삭이고(в сердце шепчет глас)', '심장의 허전함(сердечная пустота)'을 꼽을 수 있으며, 의인법으로는 '운명에 의해서 보내진(подосланный судьбой)'이 있고, 형용어구로는 '황홀한(чудный)', '밝은(светлых)'을 찾아 볼 수 있습니다.

[그림 2] 시 "스탠자" 초고

[그림 3] 예카테리나 수슈코바 초상화

К Сушковой

Вблизи тебя до этих пор
Я не слыхал в груди огня.
Встречал ли твой прелестный взор —
Не билось сердце у меня.

И что ж? — разлуки первый звук
Меня заставил трепетать;
Нет, нет, он не предвестник мук;
Я не люблю — зачем скрывать!

Однако же хоть день, хоть час
Еще желал бы здесь пробыть,
Чтоб блеском этих чудных глаз
Души тревоги усмирить.

⟨1830⟩

수슈코바에게

지금까지 당신 가까이 있었기에
나는 가슴 속의 불꽃이 들리지 않았지요.
당신의 매혹적인 눈길을 만났어도 —
내 심장이 고동치지 않았어요.

그럼 어때요? — 이별의 첫 음성이
나를 흥분으로 애타게 만들었지요;
아니, 아니에요, 그 소리는 고통의 예고자가 아니에요;
나는 싫어요 — 왜 숨겨야 하지요!

하지만 단 하루만이라도, 단 한 시간만이라도
나는 여기에 더 있고 싶어요,
이 멋진 눈길의 광채로
영혼의 불안을 진정시킬 수 있게요.

〈1830〉

레르몬토프의 시 «수슈코바에게(К Сушковой)»는 1830년에 씌어졌으며, 시인이 자신의 연인 수슈코바에게 헌정하였습니다. 레르몬토프의 사랑은 응답 없는 짝사랑이었고, 이 짝사랑은 계속 지속되었지만 각자의 사정에 따라 이별을 한 후 그들이 페테르부르크에서 다시 만났을 때는 이미 앞에서 설명한 것처럼 이전과는 반대로 수슈코바에게 매우 고통스럽게 끝났습니다. 그러나 그들의 이 비극적인 연애사의 첫 번째 '단계'에서는 레르몬토프에게 매우 고통스럽고 슬프게 끝이 났는데, 그의 순수한 사랑의 감정은 그녀에 의해서 무자비하게 거부되고 조롱받았습니다.

시인은 자신의 러브 스토리의 특징적인 결과를 요약하여 «수슈코바에게»라는 호소의 시를 썼습니다. 시의 내용은 매우 평이하고 자연스럽습니다. 시에서 주인공은 자신의 몰입 대상에 대해 아무런 감정 없이 작별 인사를 고합니다:

> 지금까지 당신에게 가까이 있었기에 (Вблизи тебя до этих пор)
> 나는 가슴 속 불꽃이 들리지 않았지요. (Я не слыхал в груди огня.)
> 당신의 매혹적인 눈길을 만났어도 ─ (Встречал ли твой прелестный взор)
> 내 심장이 고동치지 않았어요. (Не билось сердце у меня.)

그러나 서정적 주인공은 이별의 임박성이 제기되자, 당면한 슬픔과 아가씨에 대한 애정을 느꼈다고 솔직하게 인정하고 있습니다:

하지만 단 하루만이라도, 단 한 시간만이라도(Однако же хоть день, хоть час)

나는 여기에 더 있고 싶어요.(Еще желал бы здесь пробыть,)

이 멋진 눈길의 광채로(Чтоб блеском этих чудных глаз)

영혼의 불안을 진정시킬 수 있게요.(Души тревоги усмирить.)

Опасение

Страшись любви: она пройдет,
Она мечтой твой ум встревожит,
Тоска по ней тебя убьет,
Ничто воскреснуть не поможет.

Краса, любимая тобой,
Тебе отдаст, положим, руку...
Года мелькнут... летун седой
Укажет вечную разлуку...

И беден, жалок будешь ты,
Глядящий с кресел иль подушки
На безобразные черты
Твоей докучливой старушки,

Коль мысли о былых летах
В твой ум закрадутся порою
И вспомнишь, как на сих щеках
Играло жизнью молодою...

Без друга лучше жизнь влачить

И к смерти радостней клониться,

Чем два удара выносить

И сердцем о двоих крушиться!..

〈1830〉

두려움

사랑을 두려워하세요: 그 사랑은 지나갈 거예요,
그 사랑은 당신의 마음을 환상으로 흥분시킬 거예요,
사랑으로 인한 애수가 당신을 죽일 거예요,
그 무엇도 부활하는 데 도움이 될 수 없어요.

당신이 사랑하는 미인이,
당신에게 손을 내밀 거라고 상상해 봐요...
세월이 순식간에 지나갈 거예요... 백발의 떠돌이는
영원한 이별을 보여 줄 거예요...

당신은 구차하고, 애처롭게 지내고 있겠지요,
안락의자나 베개에서
당신의 성가신 늙은 여자의
못생긴 외모를 바라보고 있을 거예요,

만일 과거에 대한 생각들이
당신의 의식 속에서 때때로 떠오르면
당신은 이 뺨에서 얼마나,
젊은 활기가 넘쳤었는지 회상하겠지요...

친구도 없이 인생을 덧없이 보내는 것보다는
기쁨에 찬 죽음으로 가까이 가는 게 더 낫지요,
두 번의 타격을 견디면서
두 사람에 대해 마음으로 한탄하기 보다는요!..

〈1830〉

시 《두려움(Опасение)》은 1830년에 씌어졌고, 시인의 초기 작품에 속합니다. 이 작품은 장르상으로는 철학적 서정시이며, 운율상으로는 교차운에 약강격 4음보 운각의 5연으로 구성된 시입니다. 서정적 주인공은 시인 자신이며, 아마도 동년배 혹은 자신과 담소하는 것처럼 여겨집니다. 시인은 인생의 전 여정이라 할 시간에 대해서 숙고하면서 예상치 못한 결론에 도달합니다.

1연의 첫 행에서 주인공은 '두려워하세요(страшись)'라는 명령법으로 타이르듯이 경고하고 있습니다. 사랑의 파국으로 야기된 원망이나 애절한 감정은 모두에게 유쾌한 기억은 아닙니다. 어느 정도 시간이 지나면 이 사랑의 고통도 극복되겠지만, 두 연인은 연민으로 인해 애통해 하면서 함께 늙어 가고 결국에는 죽음을 맞이하게 됩니다. 연인과의 이별이라는 잔인한 시련을 거친 후에 겪어야 하는 삶에 대한 애착을 회복하는 과정인 '부활하기(воскреснуть)'는 매우 더디고 힘듭니다. 2연에서 중요한 것은 '당신이 사랑하는 미인(краса, любимая тобой)'으로 그렇게 미래에 대한 꿈이 시작됩니다: '당신에게 손을 내밀 것이다(тебе отдаст руку).' 서정적 주인공의 작은 의심이 이러한 판단의 근거로 '~라고 상상하자(положим)'를 덧붙이도록 강요합니다. 여기에서 미래 꿈의 영역이 시작되면서 말줄임표가 세 차례에 걸쳐 나타납니다. '세월이 순식간에 지나갈 거예요(Года мелькнут)'라는 표현은 공정한 평가이지만, 주인공이 아직 경험하지 못한 외모를 묘사하고 있는 다소 진부한 표현인 «백발의 떠돌이(Летун седой)»와 같은 은유법과 도치법이 사용되고 있습니다. 여기에서 '떠돌이'는 날개 달린 노인으로 묘사된 신화 속의 크로노스(Кронос)[2]로 추정됩니다. 마지막 행에서 언급된 '영원한 이별(Вечную разлуку)'은 죽음을 의미합니다. 3연에서는 두 연인의 오랜 세월 동안의 결합에 대해서 언급하고 있습니다. 주인공은 고령의 부부가 다소 처량한 모습으로 있는 광경을 묘사하고 있습니다. 이를 테면 늙은 연인은 틀림없이 요통을 앓는 상태로 안락의자나 베개를 베고 누워 있으며, 연인의 얼굴 생김새를 안전하게 '희미한(безобразный)'이라고 묘사하면서, 잔소리꾼의 성가신 '할멈(старушка)'을 옆에 앉혀 두었습니다.

이런 경우 젊은 시절과 자신이 사랑했던 연인의 화려한 아름다움에 대한 모든 기억이 쓸모없는 동정을 유발케 할 것입니다. 시의 주인공이 설파하고 있는 노년을 테마로 한 이 우울한 생각들이 반박의 여지없이 다음 편에서 고찰할 «봄(Весна)»이라는 제목의 시의 근간이 되었다는 사실은 매우 흥미롭습니다. 마지막 연에서 주인공의 철학적 세계관은 이전과는 전혀 다른 단계의 정신적 상황으로 이동을 합니다. 세월이 흘러 사랑하는 연인의 피할 수 없는 아름다운 얼굴의 상실을 보는 것은 시인이 감내하기 힘든 상황이기 때문에 인생의 무상함을 선언합니다. 주인공은 '인생을 덧없이 보내다(Жизнь влачить)'라는 표현을 통해서 더 이상 환상을 품지 않고 있음을 밝힙니다. 또한 '기쁨에 찬 죽음으로(К смерти радостней)'라는 모순형용어구를 사용하여 이러한 상황을 부연하여 설명하고 있습니다. 마지막 연에서의 '2번의 타격(два удара)'

---

2) 그리스 신화에 나오는 크로노스(제우스의 아버지, 수확의 신).

은 사랑하는 사람의 종말과 자신이 겪어야만 하는 죽음의 필연성을 의미합니다. 시에서는 이러한 우울한 분위기를 창출하는 수사학적 기법으로 고상한 시어에서부터 극히 평범한 일상어까지 다양한 어휘를 사용하고 있습니다. 형용어구로는 '과거의(былых)', '영원한(вечную)'이 사용되고 있습니다. 은유법의 표현은 '인생을 즐기다(играло жизнью)'를 꼽을 수 있습니다. 레르몬토프는 자신의 시 《두려움》을 통해서 독자들에게 사랑의 변덕과 시간의 무한함에 대해서 엄중하게 경고하고 있습니다.

[그림 4] 러시아의 봄 풍경

Весна

Когда весной разбитый лед
Рекой взволнованной идет,
Когда среди полей местами
Чернеет голая земля
И мгла ложится облаками
На полуюные поля, —
Мечтанье злое грусть лелеет
В душе неопытной моей;
Гляжу, природа молодеет,
Но молодеть лишь только ей;
Ланит спокойных пламень алый
С собою время уведет,
И тот, кто так страдал, бывало,
Любви к ней в сердце не найдет.

⟨1830⟩

봄

봄에 해빙으로 부서진 얼음이
소요하는 강을 따라 흘러갈 때,
들판 가운데 몇 군데에서
헐벗은 대지가 검게 보이고
안개가 구름처럼
이제 막 싹트는 들판에 내려앉을 때, —
미숙한 내 영혼 속에서
우수가 사악한 공상을 키우고 있지요;
나는 신록이 파랗게 자라는 것을, 눈 여겨 보지요,
하지만 오직 자연만이 무성해질 뿐이에요;
평온한 두 뺨의 붉은 불길을
시간이 자신과 함께 데려 가겠지요,
그리고 이미 많은 고통을 겪은 사람은
마음 속에서 그녀에 대한 사랑을 찾지 않을 거예요.

〈1830〉

해설과 분석
Комментария и анализ

　시 «봄(Весна)»은 수슈코바가 젊은 시인의 온 마음과 영혼을 사로잡고 있었던 1830년에 창작되었습니다. 1830년 봄 무렵에 그들이 서로 교제를 시작하게 되었지만, 그해 가을에는 이미 두 사람의 삶의 여정이 서로 어긋나면서 이별을 해야 할 상황에 처해 있었습니다. 시의 내용상 다소 악의적인 의미를 담고 있는 시행들로 보아 그들이 친교 관계를 갓 시작한 시기라 할 수 있는 1830년 봄에 이 시가 창작되었을 가능성은 거의 없습니다. 아마도 이 시는 젊은 시인이 자신의 감정에 실망한 상태에서 자신에게 상처를 주기 위해 심하게 자책하던 때인 가을 무렵에 창작되었을 것입니다. 당시 시인 자신이 즉흥적으로 느끼고 있는 감정들을 직접적으로 시에 담아 표현하고 있음에도 불구하고, 이 시가 이미 출판된 당시 보다 훨씬 더 일찍 창작되었을 거라고 주장하는 몇몇 러시아 연구자들도 있습니다. 이러한 주장의 근거로는 이 시의 직접적인 창작 동기가 세레드니코보(Средниково) 영지에 있던 젊은이들이 참여한 시 짓기 게임이 자주 행해졌기 때문입니다. 레르몬토프는 이 게임을 통해서 연인에게 과장된 아첨을 하거나 농담을 하였습니다. 수슈코바는 그의 이런 과장된 행동들이 진실하지 않은 것처럼 여겨졌기 때문에 그녀는 '진실(правда)'을 요구했습니다. 그녀는 다음 날 아침에 자신의 요구에 대한 시인의 답으로 이 시를 받았습니다.

　이 시는 신랄한 의미를 함축하고 있는 목가적인 서정시이며, 운율은 연의 구분이 없는 가운데 약강격에 인접운과 교차운이 나타납니다.

서정적 주인공은 시인이며 '이제 막 새싹이 움트는 들판(полуюных полях)'을 배경으로 봄철의 해빙기, 맨 땅이 듬성듬성 드러난 검은색 들판과 안개가 내려앉는 풍경의 고전적인 스케치로 묘사를 시작하고 있습니다. 이렇게 마음에 위안을 주는 봄날의 전원 풍경의 그림이 사악한 꿈이라는 독살스러운 성찰로 대체됩니다. 주인공은 타인의 눈에 비친 자신의 미숙성과 진실성을 인정하고 있습니다.

시인은 이러한 효과를 강화하기 위해 행의 접합점에서 어구의 반복, 즉 '새싹이 자라고(молодеет)', '무성해지다(молодеть)'라는 표현을 도입합니다. 실제로 봄에는 사람들의 영혼이 젊어지는 것 같지만, 세월은 결코 그렇지 않습니다. 자연의 순리는 검은 눈의 미인에게도 적용됩니다. 그렇지만 시학적 주인공은 11행에서 '두 뺨의 붉은 불길(ланит пламень алый)'이라는 표현을 통해서 부지불식간에 자신의 고문자에게 감탄하고 있음을 드러냅니다. 그는 문득 모순적인 자신의 태도를 깨닫고서 곧바로 영악하게 '시간이 자신과 함께 데려 가겠지요(с собою время уведет)'라는 표현으로 자기 위안을 삼고 있습니다. 세상의 온갖 풍상을 다 겪은 '그 사람(И тот)'은 시인 자신을 의미합니다. '그는 사랑을 찾지 않을 것이다(Любви не найдет)'라는 표현으로 묘사하고 있듯이 눈에 낀 콩깍지처럼 맹목적으로 씌워졌던 외적인 화려한 광채가 사라지고 난 다음, 그에게 남은 것이 아무 것도 없기 때문에 시인은 필연적으로 모든 감정에서 벗어날 수 있습니다. 시인은 여기서 자신들의 관계의 모든 미래를 예측하고 있습니다. 수사적 기법은 형용어구로 '이제 막 새싹이 움트는(полуюные)'과 '경험이 없는(неопытной)', '평온한(спокойных)'이 있고, 비교법으로 '강의 얼음(лед рекой)'이, 의인화로 '소요하는 강을 따라(рекой взволнованной)'가 사용되고, 도치법으로 '대지가 검게 되다(чернеет земля)'를 꼽을 수 있습니다. 어두중첩법의 단어로 '~할 때(когда)'가 두 차례 사용되고 있습니다. 레르몬토프의 시 《봄》에는 해빙기의 거침없는 전원의 풍경과 에피그람에 가까운 표현들이 결합되어 있습니다.

[그림 5] 성당 앞의 걸인

Нищий

У врат обители святой
Стоял просящий подаянья
Бедняк иссохший, чуть живой
От глада, жажды и страданья.

Куска лишь хлеба он просил,
И взор являл живую муку,
И кто—то камень положил
В его протянутую руку.

Так я молил твоей любви
С слезами горькими, с тоскою;
Так чувства лучшие мои
Обмануты навек тобою!

〈1830〉

구걸자

성스러운 수도원의 문 옆에
구걸을 청하는 이가 서 있었고
그 불쌍한 사람은 초췌하였고, 굶주림과 갈증,
고통 때문에 겨우 숨을 쉬고 있었다네.

그는 단지 **빵** 한 조각을 구걸하였고,
그 시선은 생생한 고통을 보여주었는데,
누군가가 그의 내뻗은 손 안에
돌을 놓았다네.

나도 그렇게 쓰라린 눈물과 애수를 담아서
당신의 사랑을 애원했다네;
그렇게 내 최고의 감정들이
당신에 의해 영원히 기만당했다네!

〈1830〉

해설과 분석
Комментария и анализ

1830년 레르몬토프는 젊은 동료들과 함께 모스크바 근교의 트로이체 세르게이 대수도원(Троице—Сергиева лавра)[3]을 방문한 후 «구걸자(Нищий)» 라는 시를 썼습니다. 그는 수슈코바에게 이 시를 헌정했는데, 당시에 그는 그녀를 매우 열정적으로 사랑하던 시기였습니다. 이 시에 대해서 많은 연구자들은 시인이 사랑했던 한 경솔한 연인이 실제로 행한 몰인정 하고 장난스런 행위를 기반으로 창작된 작품이라고 여기고 있습니다. 바로 그 연인은 수슈코바로 추정되며 그녀는 대수도원의 담장 옆에서 장난으로 돌을 걸인의 손에 올려놓았던 것입니다. 레르몬토프는 이 행동 에 매우 격분하였고, 그는 자신의 눈과 마음에 가득했던 그녀에 대한 모든 매력을 한꺼번에 상실했습니다. 동시대인들도 이 시의 모티브가 된 사건이 그렇게 행해진 것이라고 확신했습니다. 그렇지만 이 사건의 당사자로 지목된 수슈코바는 자신의 전기에서 이런 추한 행위를 행한 사실이 결코 없다고 기술하고 있습니다. 수슈코바가 주장하는 것처럼 실제 사실이 그렇지 않았을 수도 있지만, 레르몬토프는 수도원 방문 후 자신의 연인에게 눈에 띄게 냉담한 태도를 취했고, 몇 년 후에는 그가 그녀에게 가혹한 복수의 응징을 실행했습니다. 대수도원과 같은 성스러 운 장소에서 자비를 구걸하고 있는 걸인은 러시아에서 특별한 은혜를

---

[3] 모스크바에서 북쪽으로 71Km 떨어져 있는 수도원으로 14세기 중반에 건축되어 1744년 부터 대수도원이 되었으며, 러시아 정교회를 대표하는 수도원으로 현재는 자고르스크 시에 위치해 있음.

받은 것으로 간주되고 있습니다. 이러한 이유로는 걸인이 이미 많은 곳을 방문했고, 구원과 보호를 찾아 마지막 수단에 의탁하고 있기 때문입니다. 그 구걸자의 영혼은 이미 신에게 귀의되었기 때문에 신실한 정교도의 경우라면, 그러한 사람에게 자선을 거부하는 것은 완전히 불가능한 행위입니다. 레르몬토프가 시에서 묘사하고 있는 그와 같은 기만행위는 종교적인 국가에서는 결코 생각할 수 없는 추악한 행위로 정교도들의 의식에서는 사원 앞에서 걸인에게 돌을 내미는 사람은 신 자체에 대항하여 범죄를 저지르는 것이었고, 즉시 처벌을 받을 수 있는 가혹한 행위입니다.

레르몬토프는 자신의 절망적인 사랑과 걸인의 상황을 비교하면서, 그녀의 잘못된 행위와 거만한 위세를 강조하여 보여주고 있습니다. 시인은 시행에서 굶주림과 탄원, 원망과 눈물, 고통과 애수 사이의 선명한 대비를 배열하여 묘사하고 있습니다. 그는 자신의 열렬한 구애에 대한 그녀의 냉엄한 거부를 걸인의 내 뻗고 있는 손에 돌을 올려놓는 기만적인 제물과 동일하게 인식하고 있습니다. 이러한 행위는 그가 누구든 결코 용서받을 수 없습니다. 레르몬토프는 자신이 사랑했던 여성을 신처럼 숭배하였기 때문에, 자신의 '최고의 감정(лучшее чувство)'에 대한 속임수를 영적 범죄와 비교하여 묘사하고 있습니다. 레르몬토프는 자신의 작품들에서 종교적 상징에 대해서 그렇게 자주 관심을 기울이지는 않았습니다. 비록 그가 신실한 정교도의 삶을 영위하지는 않았지만, 동시에 거룩한 주제를 함부로 남용해서도 안 되며 일상적인 상황을 묘사하는 데 그 테마를 사용해서도 안 된다고 믿었습니다. 시인이 받았던 충격이 너무 컸기 때문에 시 《구걸자》에서는 그로 하여금 작품을 통해서 연인의 이런 기만적 행위와 자신의 응답 받지 못한 사랑을 대비하도록 추동하였습니다.

Итак, прощай

Итак, прощай! Впервые этот звук
Тревожит так жестоко грудь мою.
Прощай! — шесть букв приносят столько мук!
Уносят все, что я теперь люблю!
Я встречу взор ее прекрасных глаз,
И, может быть, как знать... в последний раз!

〈1830〉

그럼, 안녕

그럼, 안녕(прощай)! 처음으로 이 소리가
내 가슴을 그렇게 잔인하게 불안케 하네요.
안녕! – 여섯 철자가 얼마나 많은 고통을 가져다주는지!
내가 지금 좋아하는 모든 것을 빼앗아 갔어요!
나는 그녀의 아름다운 두 눈의 시선을 마주할 거예요,
그리고 어쩌면, 어떻게든 알겠지요... 마지막이라는 걸!

〈1830〉

시 «그럼, 안녕(Итак, прощай!...)»은 1830년에 창작되었는데, 수슈코바와의 관계가 파국을 맞는 시기에 쓴 시입니다. 레르몬토프가 창작한 사랑의 서정시들은 초기에는 낭만적인 특징들을 선명하게 보여 주고 있습니다. 그러나 시간이 지남에 따라 시인의 작품에서는 질투와 원망의 목소리가 베어 나오기 시작했으며, 곧바로 그에 따른 심오한 정신적 고통이 점점 더 많이 표출되었습니다.

그럼에도 불구하고 시인은 자신의 연인에게 관심을 보이지 않을 수 없다는 사실과 그녀에 대한 자신의 감정을 억제할 수 없음을 인정하게 되었습니다. 반면에 수슈코바는 자신을 추앙하며 쫓아다니는 남자를 일부러 더 자극하는 행동을 보여 주곤 했습니다. 레르몬토프의 눈앞에서 다른 젊은이들과 애정 행각을 드러내 보여주면서 그를 공개적으로 더 무시하였는데, 이런 행위들이 시인을 더욱 초조하게 하였고 거의 미칠 지경에 이르도록 만들었습니다. 1830년 가을 이후 그들은 4년 동안 서로 멀리 떨어져 있었지만, 시인은 이 기간 동안에도 안정을 찾지 못하고 그녀와의 이별로 인한 상실감을 더 심하게 느꼈습니다. 그들이 이렇게 이별을 하게 된 원인은 그녀 자신과 가족들이 항상 부유한 귀족 가문과의 계산적인 결혼을 성사시키길 원했었고, 이런 희망에 대해서 잘 알고 있던 그녀의 친척이 수슈코바를 페테르부르크로 빨리 오도록 요청한 상황에 따른 것입니다. 이런 이유 때문에 레르몬토프는 사랑하는 사람을 잊어야만 한다는 사실을 이해했습니다.

시인은 수슈코바가 떠나기 직전에 시 «그럼, 안녕!»을 쓰게 되었고, 이 시를 사랑하는 연인에게 전하게 됩니다. 수슈코바가 이 시를 다시 정서해서 일기에 기록을 해두었는데, 그녀의 이 기록이 시 «그럼, 안녕!»의 정확한 창작 일시가 10월 1일이라는 사실을 확인시켜 주었습니다. 레르몬토프의 이 짧은 시에는 사랑에 관한 직접적인 표현은 한 마디도 없습니다. 그럼에도 불구하고 수슈코바에 대한 그의 애틋한 감정과 심적 고통에 대해 추측하기는 어렵지 않습니다. 시인은 '안녕! – 여섯 철자가 얼마나 많은 고통을 가져왔는지!(Прощай! – шесть букв приносят столько мук!)'라는 표현으로 자신의 고통스런 절규를 나타내고 있으며, 이것은 의심할 바 없이 그의 마음속에서 진행되고 있는 감정의 실제적인 표출입니다.

레르몬토프는 그녀와의 일시적인 이별을 크게 두려워하는 것이 아니라, 그가 그녀를 사랑의 대상으로서 다시는 보지 못할 가능성이 있다는 사실을 두려워하고 있습니다. 당시 모스크바 사교계에서는 수슈코바가 부유한 배우자를 찾고 있다는 것은 더 이상 비밀이 아니었으며 그녀의 가족들은 러시아의 명망가인 로푸힌가(家)와 혼인 관계를 맺기를 염원하고 있었습니다. 시인은 이런 이유로 그 사실을 다음과 같이 고통스럽게 고백합니다: '나는 그녀의 아름다운 두 눈의 시선을 마주할 거예요(Я встречу взор ее прекрасных глаз)', '그리고 어쩌면, 어떻게든 알겠지요… 마지막이라는 걸!(И, может быть, как знать… в последний раз!)'. 레르몬토프는 몇 년이 지난 후에 수슈코바와 다시 해후하게 될 것을 상상조차 하지 못했는데, 그 때는 그가 그녀로 하여금 자신을 열렬히 사랑하도록 만들었으며, 그가 이전의 관계에서 감수해야 했던 모든 굴욕과 모욕 및 조롱에 대해서 이 경박한 여성에게 잔인하게 응징을 합니다.

[그림 6] 레르몬토프의 연인들

Я не люблю тебя

Я не люблю тебя; страстей
И мук умчался прежний сон;
Но образ твой в душе моей
Всё жив, хотя бессилен он;
Другим предавшися мечтам,
Я всё забыть его не мог;
Так храм оставленный — всё храм,
Кумир поверженный — всё бог!

⟨1831⟩

나는 당신을 사랑하지 않아요

나는 당신을 사랑하지 않아요
이전의 꿈이 열정으로 인한 고통을 휘몰아 갔어요;
하지만 내 마음 속의 당신 이미지는
비록 그것이 미약할지라도, 모든 게 생생해요;
내가 다른 상상들에 몰두했다 해도,
그 모든 것을 잊을 수는 없지요;
그렇게 남겨진 사원은 ― 사원 전체이고,
전복된 우상은 ― 신 전부이니까요!

〈1831〉

레르몬토프는 «나는 당신을 사랑하지 않아요(Я не люблю тебя)»라는 시를 1831년에 썼고 이 시를 수슈코바에게 헌정했습니다. 4년이 지난 후인 1835년에 레르몬토프는 자신이 사랑했던 연인에게 자신의 모욕당한 사랑에 대해서 잔인하게 복수를 하였는데, 이것은 그가 이미 유명한 작가이자 시인으로서 자신이 그녀를 증오하고 있는 것만큼, 여전히 그녀를 사랑하고 있다는 사실을 아이러니하게 확인시킨 사건이었습니다.

«나는 당신을 사랑하지 않아요»는 약강 4보격에, 각운은 교차운(abab)으로 구성되었습니다. 서정적 주인공은 시인 자신이며, 그는 자신의 마음과 영혼을 성전과 비교합니다. 사랑하는 연인의 이미지는 신성으로 표현됩니다. 그것은 빛으로서 성전을 따뜻하게 온기를 부여합니다. 시의 주인공은 고통을 겪으며 힘든 상황이지만, 결국 모든 고통에도 불구하고 그의 영혼과 마음은 여전히 이 신성을 위한 성전으로 남아 있으며, 그에게는 그 자체가 항상 어떤 특별한 추억이라는 사실을 인정합니다.

레르몬토프는 이 짧은 시에서 사랑하는 연인과 헤어진 남성에게서 일어나는 모든 상충되는 생각과 감정들을 잘 배치하고 있습니다. 한편으로는 그가 우울증을 앓고 있어서 마치 자신의 감정에 대해 잊어버린 것 같지만, 다른 한편으로는 그는 모든 것이 자신의 사랑을 억제하도록 강요하는 상황으로 끝맺음 되는 것에 대해서 모욕적으로 느꼈고 그에 대한 불쾌한 감정을 토로합니다.

물론 이 시의 주된 테마는 응답 없는 짝사랑과 그 후에 마음에 영원히 남을 상처를 남긴 이별입니다. 이 시는 작별의 서한과 비슷하지만, 그 안에서 주인공이 자신의 사랑을 극복하고 잊어버리기가 쉽지 않았으며, 자신의 감정을 억제하는 것이 매우 힘들었음을 전하고 있습니다. 시인 자신이 그토록 열렬히 사랑했던 연인과의 모든 관계가 끝이 났지만, 마음속에 쓰라린 상처의 앙금은 여전히 남아 있습니다. 이 시에서 레르몬토프는 자신의 감정을 생생하게 전달합니다. 그는 자신의 영혼과 마음을 고통스럽고 슬픈 경험으로부터 자유롭게 하고, 그의 예전 연인에 관한 고통스러운 기억으로부터 생각을 정화하기 위해서 그 감정들을 마음껏 토로하고 있습니다.

　　수슈코바와의 연인 관계는 매우 흥미로운 반전이 존재하는데, 이들의 관계에서 처음에는 레르몬토프가 그녀의 호감을 전혀 얻지 못했으나 나중에는 그가 자신의 연인을 잔인하게 속이고서 복수를 하였기 때문입니다. 《나는 당신을 사랑하지 않아요(Я не люблю тебя)》는 시인의 사랑의 서사시를 완성한 시라고 말할 수 있습니다. 이 시에서는 다양한 수사법을 찾아 볼 수 있습니다: 은유법으로 '비록 미약하더라도, 이미지는 살아있다(образ жив, хотя бессилен)', 의인법으로 '꿈이 사라졌다(умчался сон)', 형용어구로 '오래된 꿈(прежний сон)', '전복된 우상(кумир поверженный)', '남겨진 사원(оставленный храм)' 등이 있고, 마찬가지로 도치법도 존재합니다. 전체적으로 이 시는 8행으로 짧지만, 시인이 모든 단어를 조화롭게 잘 결합시켜서 자신의 감정을 진솔하게 표현하고 있어서 독자들의 영혼을 곧장 사로잡습니다.

Расстались мы, но твой портрет

Расстались мы, но твой портрет

Я на груди своей храню:

Как бледный призрак лучших лет,

Он душу радует мою.

И, новым преданный страстям,

Я разлюбить его не мог:

Так храм оставленный — всё храм,

Кумир поверженный — всё бог!

〈1837〉

우리는 헤어졌지만, 당신의 초상화를

우리는 헤어졌지만, 나는 당신의 초상화를
내 가슴에 간직하고 있어요:
최고의 시절의 창백한 환영처럼,
그것이 나의 영혼을 기쁘게 하지요.

그리고 새로운 열정에 충실한,
나는 그것을 사랑하지 않을 수 없어요:
그렇게 남겨진 사원은 ― 사원 전체이고,
전복된 우상은 ― 신 전부이니까요!

〈1837〉

이 시는 레르몬토프가 수슈코바에게 바친 일종의 세레나데로 «우리
는 헤어졌지만, 당신의 초상화를(Расстались мы, но твой портрет)»은
1837년에 창작되었지만 첫 출판은 선집 «시(Стихотворения)»를 통해서
1840년에서야 발표되었습니다. 레르몬토프가 27세라는 짧은 생을 살
면서 사랑했던 다른 여성들도 있었지만, 그는 어린 시절의 첫 사랑을
오랫동안 잊지 못했고 그의 생이 끝날 때까지 그녀에 대한 기억을 간직
했습니다.

낭만주의가 절정인 시기에 창작된 이 시는 장르상 메시지의 요소가
포함된 사랑의 서정시이며, 시에서는 응답 없는 짝사랑의 제문제들을
제기하고 있습니다. 이 시의 주요한 테마는 수년 동안 사라지지 않는
견디기 힘든 슬픈 사랑에 대한 것으로 레르몬토프는 이 사랑의 감정이
얼마나 강한지를 보여주고 있습니다. 만일 사랑의 감정이 충심에서
우러난 진실한 것이라면, 그 감정들은 영원히 가슴에 남아 있을 것입
니다. 시인은 인생을 밝게 비추고 기쁨과 온기를 채워주는 빛과 같은
그런 사랑의 기억을 묘사하고 있습니다.

반면에 이 시에는 우울함과 애잔한 슬픔이 가득합니다. 동시에 시인
은 소녀의 초상화를 보고 그녀의 사랑스러운 얼굴을 기억할 때마다
행복을 느낍니다: '그것은 내 영혼을 기쁘게 합니다(Он душу радует
мою)'. 레르몬토프의 인생에서 수슈코바에 대한 사랑이 가장 좋은 기억
중 한 부분임을 확인할 수 있습니다: '가장 좋은 시절의 창백한 환영

(Бледный призрак лучших лет)'.

이 시에서 초상화는 평온, 고뇌 및 슬픔의 상징입니다. 동시에 그 초상화에는 주인공의 모든 추억이 깃들어 있습니다. 사랑했던 연인의 초상화를 바라보고 있으면 새로운 감정들이 활발하게 되살아납니다. 시인의 가장 사랑스러운 감정은 젊은 시절 연인의 낭만적인 이미지 속에 숨겨져 있습니다. 또한 이 시에서 사원의 이미지는 종교적 배경을 상실하고 있는데, 첫째로 사원은 성령처럼 사랑이 거주하고 있는 영혼입니다. 둘째로, 이 이미지는 두 가지 구성 요소인 '신성은 고귀한 감정이며, 신성한 거처는 사랑의 성소이자, 영원한 사랑'을 의미합니다.

여기에는 두 명의 중심인물이 나오는데, 그들은 대명사 «나(Я)»(레르몬토프)와 «너(Ты)»(수슈코바)로 나타납니다. 그들 사이에는 극복할 수 없는 물리적인 힘이 작용하는 가상적인 복잡한 환경이 자리하고 있습니다. 동사 '헤어졌다(расстались)'는 통합된 의미의 대명사인 '우리(мы)'로 메시지의 의미를 통합시키고 있습니다. 그들 사이의 이별은 최종적이지만 상호적인 것은 아닙니다. 시인의 입장에서 일방적으로 소녀의 이미지, 그녀에 대한 기억을 유지하고자 하는 시도들을 보여주고 있습니다. 서정적 주인공은 레르몬토프 자신입니다. 일반적으로 낭만주의 시인들에게 있어서 사랑의 주제는 개인적인 경험과 밀접한 관련이 있는데, 그들은 자신들의 작품의 서정적 주인공으로 구현 되어 나타납니다. 과거의 사랑에 대한 시인의 고백은 괴로움과 애잔함으로 가득 차 있습니다. 주인공은 그리워하지만, 동시에 아무 것도 되돌릴 수 없다는 사실을 알고 있습니다. 시인은 먼저 자신의 가슴 속에 그의 평온을 훔친 연인의 초상화를 소중히 간직하고 있다고 조심스럽게 밝히고 있습니다. 그는 오랫동안 아가씨에 대한 감정을 마음속에 깊이 간직하고 있었습니다. 레르몬토프는 평생 동안 가슴 속에 십자가를 지니고 다녔는데 그것과 함께 자신의 연인의 초상이 그려진 메달도 항상 착용했습니다. 시인은 자신이 죽임을 당하게 되는 결투 전에 유일하게 그 메달을 벗었습니다. 레르몬토프는 이 시를 통해서 사랑하는 연인을 잊을 수 없는 사실 때문에 느끼는 자신의 무력감을 고백하고 있습니다. 그러나 그는 상류사회의 무도회에 관심이 많고, 계산적인 결혼을 성취하고자 하는 욕구를 가진 현재의 세속적인 여성을 좋아하는 것이 아니라, 그런 것을 전혀 모르는 순진한 아가씨를 사랑했습니다. 바로 첫사랑의 소녀에 대한 기억들이 영혼을 따뜻하게 합니다. 따라서 이별한 후로 4년의 시간이 지난 후의 예카테리나 수슈코바는 그가 사랑했던 연인과는 아무런 공통점도 가지고 있지 않았습니다. 그녀는 완전히 다른 사람이 되어 있었습니다.

이 시는 두 부분으로 구분할 수 있는데, 각 부분은 하나의 연의 형태로 구성되었으며 각 연의 해설을 포함하고 있습니다. 첫 번째 부분에서 시인의 주장이 이어지고, 그 자신이 스스로 설명을 하고 있습니다. 그들의 관계가 진지한 사랑을 시작하기도 전에 끝났지만, 시인은 그녀의 초상화를 계속해서 소중히 간직합니다. 두 번째 부분은 서정적 주인공의 내적 갈등으로 시작됩니다. 과거의 사랑은 아직 사라지지 않았으며, 새로운 감정은 그 어떤 만족도 줄 수 없기 때문에 그의 영혼에는 어떠한 기쁨도 존재하지 않습니다.

시간적인 구성은 과거 시제와 현재 시제의 사용을 통해서 동일한 테마를 다시 반복적으로 불러오곤 합니다. 서정적 주인공의 감정이 과거에서 현재로 이동하기도 하며, 그 반대의 경우도 마찬가지로 수행되고 있습니다: '우리는 헤어졌어요(Расстались мы)'(과거), '그러나 당신의 초상화는 내 가슴에 보존되어 있지요(но твой портрет я на груди моей храню)'(현재); '가장 좋은 시절의 창백한 환영처럼(Как бледный призрак лучших лет)'(과거), '그것은 내 영혼을 기쁘게 해요(Он душу радует мою)' (현재). 과거와 현재가 반복적으로 대비되며, 시적 긴장감은 '헤어졌어요(расстались)'와 '보존하고 있어요(храню)', '새로운 열정(новые страсти)' 과 '사랑하지 않을 수 없어요(не мог разлюбить)'의 대비를 통해서 선명하게 부각되고 있습니다. 시를 구성하고 있는 단어 중에서 두 개의 자음이 겹쳐져 만들어 내는 소리인 «ст»(расстались, страстям, оставленный)와 «пр»(портрет, призрак, преданный)로 대표되는 두운법은 시인의 감정이 얼마나 날카롭고 강렬한 지를 여실히 보여 주면서 시의 서정적 긴장감을 전달해 줍니다.

시 «우리는 헤어졌지만, 당신의 초상화를»은 남성운으로 끝나는 교차운(abab)으로 구성된 4음보 약강격으로 씌어졌습니다. 첫 번째 연은 평온하고 부드러운 리듬이 특징입니다. 시인은 따뜻한 추억을 배경으로 즐거움의 내면적 감정을 경험합니다. 두 번째 연에서는 리듬이 가속화되고 밝은 색상과 강한 감정이 불타오르고 있습니다. 이 시에서는 '열정(страсть)', '사원(храм)', '우상(кумир)', '사랑하지 않을 수 없어요(не мог разлюбить)'와 같은 단어를 통해서 감정적인 배경을 강화하고 있습니다. 시의 텍스트에서 긴 홀수와 짧은 짝수 행들이 번갈아 나타나지만, 각 행의 음절수는 8개로 동일합니다. 어휘적 핵심어는 '당신의 초상화(твой портрет)'와 '신(бог)'이라는 단어로 표현됩니다.

이 시에서는 수사적 기법은 풍부하게 나타나는데, 시인은 '남겨진 사원(храм оставленный)', '창백한 환영(бледный призрак)', '전복된 우상(кумир поверженный)', '새로운 열정(новые страсти)'과 같은 생생한 형용어구를 사용하고 있습니다. 이 형용어구들은 시인의 영혼을 괴롭히는 감정과 감각의 모든 심오함을 전달합니다. 이 형용어구에는 '창백한 환영처럼', '전복된 우상은 신 전부이니까요'라는 비교가 포함되어 있습니다. 사원이라는 단어 사용의 반복과 함께 '초상화가... 내 영혼을 기쁘게 해요(портрет... душу радует мою)'는 은유의 의미를 강화시켜 줍니다. 이를 통해서 레르몬토프는 자신이 성스러운 것들의 성소처럼 보존하고 있는 감정들이 얼마나 진실할 수 있는지를 보여줍니다.

나탈리야 표도로브나 이바노바
Наталья Фёдоровна Иванова

[그림 7] 미하일 유리예비치 레르몬토프 / 나탈리야 표도로브나 이바노바

　1831년에 레르몬토프는 모스크바의 유명한 드라마 작가 이바노프 (Ф.Ф. Иванов)의 딸인 나탈리야 표도로브나 이바노바에게 관심을 갖게 되었고, 곧 그녀는 시인의 흠모의 대상이 되었다. 열일곱 살이던 나탈리야는 시인의 이런 열렬한 감정에 공감했다. 그녀는 자신에게 헌정된 시들이 만족스러워 했는데, 그 안에 이미 실연의 아픔과 고통이 가득 차 있다는 사실에 기뻐했다. 그들의 관계는 매우 복잡한 상태로 지속되었다. 이바노바는 레르몬토프를 연인으로 진지하게 받아들이지 않

은 상태에서 젊은 시인 보다 더 좋은 조건의 신랑감을 찾고 있는 기만적인 행태를 보여 주곤 했다. 레르몬토프는 처음에 그녀의 따뜻한 애정과 관심을 받았지만, 후에 그들의 관계가 갑자기 냉담해졌고, 서로가 오해하는 상태로 돌변하면서 더 이상 관계가 유지되지 못했다. 레르몬토프는 이때 심한 모욕과 굴욕감을 느꼈고, 심지어 자신의 죽음을 갈망할 정도의 심리상태를 보여주었다. 그는 나중에 이 시기의 그녀를 '무감각하고 차가운 여신'이라고 칭했다.

레르몬토프의 시 «나는 당신 앞에서 비굴하지 않을 거예요»는 나탈리야 이바노바에게 헌정한 작품으로 시인은 공감 받지 못해 고통스러운 자신의 사랑에 대해 토로하고 있다. 레르몬토프는 그녀와 함께하면서 떠오른 영감을 바탕으로 그녀에게 헌정하는 많은 시를 창작했다. 그들의 관계가 파탄으로 치닫는 결정적인 계기는 시인이 이바노바가 다른 사람들과 바람을 피우는 장면을 직접 목격하게 되었고, 그 자신은 그녀에게 단지 순간적인 유희의 대상이라는 사실을 곧 깨닫게 되었기 때문이다. 그는 자신의 시를 통해서 사랑하는 연인이 자신을 속인 것과 창작에 전념할 시간을 빼앗은 사실에 대해 이렇게 질책하고 있다:

'아마도, 그 순간들을 알기나 하나요(Как знать, быть может, те мгновенья),
당신의 발치에서 보내면서(Что протекли у ног твоих),
내가 영감을 얻으려 잃어버렸던 시간을!(Я отнимал у вдохновенья!)'

이바노바가 그를 기만한 후 레르몬토프의 작품에서 사랑의 테마는 더욱 더 고통스럽게 묘사된다. 하지만 그는 여전히 그녀를 사랑했고, 그녀를 '천사'라고 부르고 있다. 이 시는 그녀에 대한 작별 인사가 되었고, 레르몬토프는 그녀에게 헌정하는 시를 더 이상 쓰지 않았다.

레르몬토프가 이바노바를 매우 격정적으로 사랑했던 시기에 그는 그녀에게 약 40여 편의 사랑의 서정시를 헌정했고, 이 시들은 소위 «이바노바 연작시»(1830-1832)라는 이름으로 지금까지 널리 알려져 있다. 이 작품들은 시인이 젊은 시절에 나탈리야 이바노바를 향한 애절한 사랑의 마음을 표현한 것이다. 하지만 «이바노바 연작시»에 포함된 모든 시에서는 공감을 얻지 못한 사랑, 고통, 아픔의 모티브가 선명하게 관통하고 있다. 레르몬토프는 1831-1832년에 창작한 다음과 같은 시들을 그녀에게 헌정했다: «용서하세요, 우리는 더 이상 만나지 않을 거예요(Прости, мы не встретимся боле…)», «고향에서 고통 받을 수 없어요…(Не могу на Родине томиться…)», «우울과 질병에 지쳐서…(Измученный тоской и недугом…)», «당신이 아니라, 운명이 잘못했어요(Не ты, но судьба виновата)».

Звезда

Вверху одна

Горит звезда,

Мой ум она

Манит всегда,

Мои мечты

Она влечет

И с высоты

Меня зовет.

Таков же был

Тот нежный взор,

Что я любил

Судьбе в укор;

Мук никогда

Он зреть не мог,

Как та звезда,

Он был далек;

Усталых вежд

Я не смыкал,

Я без надежд

К нему взирал.

〈1830〉

별

하늘 높이 외로이
별이 빛나고 있다네,
그 별은 내 이성을
항상 손짓하며 부르고,
내 꿈들을
그 별이 유혹하며
창공 위에서
나를 부르고 있다네.
그 사랑스러운 눈길이
그렇게 있었다네,
내가 사랑했던
운명을 비난하면서;
그는 고통을 결코
성숙시킬 수 없었고,
저 별처럼,
그는 멀리에 있었다네;
피곤한 눈꺼풀을
나는 감지 않고서,
나는 희망도 없이
그것을 바라보았다네.

〈1830〉

해설과 분석
Комментария и анализ

레르몬토프의 초기 작품은 사랑의 서정시가 특히 많은데, 여기서 고찰하는 시 «별(Звезда)»은 공감을 나누지 못한 짝사랑의 테마에 헌정된 시입니다. 이바노바는 처음에 시인과 수슈코바와의 관계에서 그의 대리자 역할을 하였지만, 나중에는 그녀의 친절한 조력과 참여가 그에게 단순히 감사하는 것 이상이 감정을 불러 일으켰습니다. 레르몬토프는 자신이 그녀의 사랑을 받고 있다고 잠시 동안 확신하게 되었습니다. 그러나 그녀의 가족들은 물론이고, 그녀조차도 젊은 청춘들의 낭만적인 연애 사건에 더 이상 만족하지 않았던 것입니다. 그들에게는 청춘 시절의 사랑에 애달파하는 청년이 아니라, 그녀에게 적합한 부유한 귀족 신랑감이 더 절실하게 필요했던 것입니다.

이 시는 장르상으로 사랑의 서정시이며, 운율은 2음보 약강격의 교차운으로 연의 구분 없이 창작되었습니다. 서정적인 주인공은 사랑에 빠진 시인 자신이며, 시의 어조는 침울하고 우울합니다. 이 시에서는 시행에서 일반적으로 흔히 사용되는 느낌표나 질문, 그리고 말줄임표조차도 찾아 볼 수 없습니다. 서정적 주인공이 바라보고 있는 높은 창공의 밝은 별은 아가씨의 시선에 비유되고 있는데, 첫 행의 '높은 곳에서(Вверху)'는 마치 마지막 행에서 다시 제자리로 돌아오는 것처럼 여겨집니다: '(나는) 그것을 바라보았다네(к нему взирал)'.

수사법으로는 '불타고 있다 별이(горит звезда)'와 같은 도치법이 사용되었으며, '그렇게 있었다네(Таков же был)'와 같은 표현은 시에서 묘사되고 있는 전체 이야기가 과거의 일이었음을 알려 주고 있습니다. 형용어구의 사용은 많지 않은데 '부드러운 시선(нежный взор)', '피곤한 눈꺼풀(усталых вежд)', '운명을 비난하는(Судьбе в укор)'이라는 표현은 분명히 젊은 시인이 모든 상황과 명백한 무관심에도 불구하고 짝사랑하는 연인을 매우 사랑했음을 보여주고 있습니다. '고통은 성숙시킬 수 없다(Мук зреть не мог)'와 같은 표현은 아가씨의 성격이 시적 화자에게는 경박해 보였음을 추론케 합니다. 그의 우울한 표정이 그녀를 감동시키지 못했기 때문에, 주인공은 잠 못 이루는 밤마다 밤하늘의 별을 관찰하면서 자신의 마음속의 별을 상기하곤 했습니다.

시에서는 동사의 사용이 많은 편이지만, 작품이 이미 지나간 과거 특히 감정의 영역에 속하기 때문에 특별한 역동성을 보여주지는 않습니다. 전통적인 시작법을 준수하면서 창작을 하던 19세기 초에 쓴 작품이라는 점을 감안해 살펴볼 때, 이 시의 형식 자체는 매우 희귀한 형태입니다. 물론 푸슈킨의 시가 그의 창작을 위한 방향 지시기 역할을 해 주었지만, 레르몬토프는 독자적으로 동시대의 시작법의 원칙들을 습득하였습니다. 레르몬토프에게는 이와 유사한 형식과 운율로 창작된 몇 편의 시가 더 있는데, 이는 주어진 리듬을 준수하려는 시인의 의지의 반영 결과 때문입니다. 시에서 사용된 어휘는 고상한 편이며, 대부분의 단어의 의미는 문맥에서 그 뜻이 보다 분명해 집니다. 시의 후반부에서는 부정형 형태의 어휘들의 사용을 찾아 볼 수 있습니다: '결코(никогда)', '할 수 없고(не мог)', '닫히지 않았다(не смыкал)', '희망 없이(без надежд)'. 레르몬토프의 시 «별»은 그의 젊은 시절의 창의성이나 새로운 시작법 형식의 탐색, 그리고 가장 중심적인 요소로 자신의 경험을 간단하고 평범한 시행을 통해서 전달할 수 있는 가능성의 한 예시입니다.

Я видел раз ее в веселом вихре бала

Я видел раз её в весёлом вихре бала;

Казалось, мне она понравиться желала;

Очей приветливость, движений быстрота,

Природный блеск ланит и груди полнота —

Всё, всё наполнило б мне ум очарованьем,

Когда б совсем иным, бессмысленным желаньем

Я не был угнетен; когда бы предо мной

Не пролетала тень с насмешкою пустой,

Когда б я только мог забыть черты другие,

Лицо бесцветное и взоры ледяные!..

〈1830−1831〉

나는 무도회의 즐거운 소용돌이 속에서
그녀를 보았어요

나는 무도회의 즐거운 소용돌이 속에서 그녀를 한 번 보았어요;
그녀가 나를 좋아해 주기를 바랐던 것 같아요;
눈빛의 친절함과 민첩한 움직임,
두 뺨의 자연스러운 윤기와 가슴의 풍만함 ―
이 모든 것들이 황홀함으로 내 마음을 채워 주었더라면,
전혀 다른 의미 없는 욕망으로는
내가 억압받지 않았을 거예요; 내 앞으로
헛된 조롱을 띤 그림자가 날아갈 때,
내가 다른 사람들의 외모를 잊었을 때,
얼굴이 공허해지고 눈길은 차가워졌을 거예요!..

〈1830-1831〉

레르몬토프는 낭만주의 시인으로서 열광적이며 감동을 잘하는 성향 때문에 열정적으로 사랑에 빠지곤 했는데, 그의 진실한 감정을 표현한 시행들을 사랑하는 연인에게 헌사하곤 했습니다. 시인의 사랑의 서정시들은 극적 긴장감이 가득 차 있으며, 종종 비극적인 어조가 나타나기도 합니다. 시인의 개인적인 가정사에 따른 어려움과 역경들이 그의 짧은 인생 동안 줄곧 뒤따랐습니다. 그는 이성과의 연애에서도 매우 운이 없는 편이었습니다. 그의 진실한 사랑의 감정에 대해서 그가 흠모했던 아가씨들은 비웃었고, 젊은 시인의 간절한 구애를 거부했습니다.

나탈리야 이바노바(Н.Ф. Иванова)는 유명한 극작가이자 시인의 딸로 30년대 초반 시인 레르몬토프의 매혹의 대상이었고, 그의 사랑의 서정시의 주된 수취인이 되었습니다. 이바노바가 처음에는 시인의 구애에 대해서 서로 사랑하는 것처럼 응대했지만, 점차적으로 냉담한 태도를 보이면서 결국에는 파국으로 끝이 났습니다.

1830년부터 1832년까지 레르몬토프는 자신이 사랑했던 연인에게 약 40편의 시를 헌정했는데, 이 시기에 창작된 시들이 «이바노바 연작시(ивановский цикл)»라는 명칭으로 전해지고 있습니다. 이 연작시들에서는 초기에는 사랑의 환희와 감탄으로 가득 찬 이 시행들이 주종을 이루지만, 나중에는 이별의 괴로움과 젊은 낭만주의자의 잃어버린 희망에 대한 슬픈 생각들이 주로 표현되고 있습니다.

시 «나는 그녀를 무도회의 회오리 속에서 한 번 보았어요(Я видел

раз ее в веселом вихре бала)»가 연작시라는 것은 흥미로운 사실입니다. 이 시는 1830~1831년 사이에 창작되었지만, 대중들에게는 한참 후인 1875년 «사라토프 신문»을 통해서 처음으로 알려지게 되었습니다. 이 시는 전체 10행으로 구성되었으며, 여기에는 총 64개의 단어가 사용되었습니다. 이 짧은 시에 얼마나 심오한 생각들이 표현되었으며, 얼마나 많은 질문들이 내재되어 있을까요?

독자들이 이 시를 읽을 때, 한 편의 짧은 드라마가 전개되고 있음을 분명히 이해할 수 있을 것입니다. 시의 서정적 주인공은 아가씨의 외적 아름다움과 친절함, 그리고 재치 있는 행동들에 매료되었고, 주인공 자신이 그녀에게 '마음에 들었으면 하는 바람(понравиться желала)'을 피력하고 있지만, 그녀에게 감히 접근할 수 없습니다. 시학적 주인공은 어떤 종류의 '무의미한 욕망(бессмысленное желанье)'에 의해 억압당하고 있기 때문입니다. 서정적 주인공인 «내(Я)» 앞으로 '헛된 조롱을 띤 그림자(тень с насмешкою пустой)'가 날아가면서, 자신에 대한 누군가의 다른 시각들이 잊을 수 없는 차가운 영혼을 상기시켜 주고 있습니다. 따라서 그는 '얼굴이 공허해지고(лицо бесцветное)', '눈길이 차가워지는(взоры ледяные)' 현실에 충실합니다.

각 시행에 내재되어 있는 힘이 독자로 하여금 서정적 주인공에게 공감하도록 요구하고 있으며, 또한 깊이 생각하도록 일깨웁니다. 물론 슈제트는 여러 갈래의 줄거리와 많은 등장인물이 함께 하는 다양한 변형들을 구성할 수도 있습니다.

이 시의 내용은 두 부분으로 구성되어 있습니다. 첫 번째 부분에서 시인은 주인공이 다른 아가씨에게 매료되어 있다는 사실을 보여주지만, 이것은 단지 순간적인 도락일 뿐입니다. 두 번째 부분에서는 부정

소사 《아니다(не)》를 사용하고 있는데, 이는 새로운 관계가 더 이상은 불가능하다는 것을 보여주고 있습니다. 이 시는 연으로 구분되지 않았지만, 참회자의 말의 효과와 연속적인 고백의 효과를 가장 극적으로 창조하고 있습니다. 생생한 형용어구와 표현력 넘치는 은유법의 사용이 복잡한 심적 상태를 잘 전달합니다. 두 번째 음절에 강세를 갖는 6음보 약강격으로 구성되었으며, 각운은 인접운(AAbbCCddEE)의 형태를 취하고 있습니다.

[그림 8] 무도회

[그림 9] 가면 무도회

Раскаянье

К чему мятежное роптанье,
Укор владеющей судьбе?
Она была добра к тебе,
Ты создал сам свое страданье.
Бессмысленный, ты обладал
Душою чистой, откровенной,
Всеобщим злом не зараженной.
И этот клад ты потерял.

Огонь любви первоначальной
Ты в ней решился зародить
И далее не мог любить,
Достигнув цели сей печальной.
Ты презрел всё; между людей
Стоишь, как дуб в стране пустынной,
И тихий плач любви невинной
Не мог потрясть души твоей.

Не дважды бог дает нам радость,

Взаимной страстью веселя;

Без утешения, томя,

Пройдет и жизнь твоя, как младость.

Ее лобзанье встретишь ты

В устах обманщицы прекрасной;

И будут пред тобой всечасно

Предмета первого черты.

О, вымоли ее прощенье,

Пади, пади к ее ногам,

Не то ты приготовишь сам

Свой ад, отвергнув примиренье.

Хоть будешь ты еще любить,

Но прежним чувствам нет возврату,

Ты вечно первую утрату

Не будешь в силах заменить.

〈1830—1831〉

참회

반항적인 불평은 무엇 때문이지요,
사로잡힌 운명에 대한 비난인가요?
그 운명은 당신에게 호의적이었는데,
당신 스스로 자신의 고통을 만들었어요.
당신은 보편적인 악에 감염 되지 않는,
순수하고 솔직한 영혼을,
아무런 의미도 없이, 소유하고 있었지요.
그런데 당신은 이 보물을 잃었어요.

당신은 최초의 사랑의 불길을
그 안에서 불러일으키기로 결정했고
이 슬픈 목적을 이루고서는,
더 이상 사랑을 할 수 없었지요.
당신은 모든 것을 경멸했어요; 사람들 사이에서
쓸쓸한 나라의 참나무처럼, 당신은 서 있어요,
순수한 사랑의 조용한 절규도
당신의 영혼을 흥분시킬 순 없어요.

신이 상호간의 열정으로 즐거워하면서,
우리에게 두 배의 기쁨을 주진 않지요;
위로도 없이, 고통을 주면서,
청춘처럼, 당신의 인생도 지나갈 거예요.
당신은 아름다운 거짓말쟁이의 입술에서
그녀의 입맞춤을 경험하게 될 거예요;
그리고 첫 번째 연인의 외모가
당신 앞에 끊임없이 현존할 거예요.

오, 그녀의 용서를 간청하세요,
무릎을 꿇으세요, 그녀의 발치에 무릎을 꿇으세요,
당신이 스스로 준비하지 않고서
화해를 거부하는 것은 자체의 지옥이지요.
비록 당신이 여전히 사랑한다고 해도,
예전의 감정으로 돌아갈 수는 없어요,
당신은 영원히 첫 번째 상실을
억지로 대체할 수는 없을 거예요.

〈1830-1831〉

해설과 분석
Комментария и анализ

1830-31년에 창작된 레르몬토프의 이 시 «참회(Раскаянье)»에서 묘사된 여성 이미지의 실제인물(прототип)이 누구인지는 지금까지도 명확하게 규명되지는 않았습니다. 사랑에 대한 속임수와 배신의 테마라는 범주에서 이 시를 레르몬토프의 사랑의 서정시의 주된 내용을 차지하고 있는 «이바노바 연작시(ивановский цикл)»에 이 작품을 결합시키고 있지만, 그러나 시에서 묘사된 여성의 이미지는 일반적으로 이상적인 여주인공의 모습이 제시되고 있기 때문입니다.

시 «참회»는 주인공의 솔직한 독백의 형태로 구성되어 있으며, 그 내용은 자기 자신에게 전달됩니다. 각각 8행으로 구성된 4개의 연에서 젊은 시인은 사랑에 관한 작은 소설을 창작하고 있습니다. 서정적 주인공은 여성의 '순수한 영혼(душе чистой)'에서 멋진 감정을 불러일으킬 수 있었지만, 사랑하는 아가씨와의 관계에서는 서로의 사랑에 대한 응답을 듣지 못했습니다. 불행한 관계의 극적인 결말과 진정한 사랑의 '조용한 절규(тихий плач)'는 갈등의 이유와 그 갈등에서 벗어날 수 있는 출구에 대한 성찰을 가능케 해줍니다.

서정적 주인공의 이미지 구조는 매우 흥미로운데, 그 첫 번째 계획은 내면의 반대 대담자를 등장시키고 있습니다. 그것은 양심의 소리 또는 레르몬토프의 용어로 '진실의 감정(чувством правды)'(시 «나의 집(Мой дом)»(1830))이라고 불릴 수 있습니다. 내면의 대담자는 자신의 주인공에게 냉정한 태도를 보여주는데, 그는 '자신이 (스스로) 자신의 고통을 창조했다(создал сам свое страданье)'라고 하면서, 운명이 제기하는 불의에 대한 불평을 단호히 거부합니다. 서정적 주인공의 양심의 소리는 '아무런 의미도 없이(бессмысленный)', '보물을 잃어버렸다(клад потерял)', '모든 것을 경멸했다(презрел все)'와 같은 부정적인 평가를 하는 것에 대해 전혀 주저하지 않습니다. 참나무와 서정적 주체에 대한 조롱 섞인 비교가 나타나면서, 다른 사람들의 고통에 대해서 냉담하고 무표정하게 쳐다보고 있습니다. 또한 반대 대담자가 주인공의 운명을 예언하고 있는 예측도 역시 실망스러운데, 그는 기쁨이 없는 삶의 《지옥(ад)》을 약속합니다. 미래에 대한 예시는 진실과 거짓 사랑의 대립에 기반을 두고 있으며, 이것은 대치되는 두 여성 이미지를 구체화합니다. 첫 번째 이미지는 은유적으로 '보물(клад)'과 비슷하여 고결하고 이상적이며 충실하고 정직합니다. 두 번째 지배자의 이미지는 '아름다운 기만자(обманщицей прекрасной)'로 불리고 있는데, 기만의 동기는 새로운 사랑에 대한 불성실함뿐만 아니라, 유혹자의 외모가 자신의 '첫 번째 상실(первую утрату)'을 상기시킨다는 사실에 기인한 것입니다. 그녀는 진실한 감정으로 장난치고 있는 가면의 거짓 쌍생아가 됩니다.

참회에 대한 호소는 동사 명령형 – 간청하세요(вымоли), (무릎을 꿇으세요(пади) – 의 도움을 받아 묘사되고 있으며, 그 중의 하나(무릎을 꿇으세요(Пади, пади))는 두 차례에 걸쳐서 반복되고 있습니다. 진실한 참회의 힘에 대한 믿음은 아이러니하게도 비판적인 평가의 소리를 부드럽게 하고, 참된 행복의 복귀에 대한 희망을 불러일으킵니다.

К* (Я не унижусь пред тобою)

Я не унижусь пред тобою;
Ни твой привет, ни твой укор
Не властны над моей душою.
Знай: мы чужие с этих пор.

Ты позабыла: я свободы
Для зблужденья не отдам;
И так пожертвовал я годы
Твоей улыбке и глазам,

И так я слишком долго видел
В тебе надежду юных дней
И целый мир возненавидел,
Чтобы тебя любить сильней.

Как знать, быть может, те мгновенья,
Что протекли у ног твоих,
Я отнимал у вдохновенья!

А чем ты заменила их?
Быть может, мыслею небесной
И силой духа убежден,
Я дал бы миру дар чудесный,
А мне за то бессмертье он?

Зачем так нежно обещала
Ты заменить его венец,
Зачем ты не была сначала,
Какою стала наконец!

Я горд!- прости! люби другого,

Мечтай любовь найти в другом;

Чего б то ни было земного

Я не соделаюсь рабом.

К чужим горам, под небо юга

Я удалюся, может быть;

Но слишком знаем мы друг друга,

Чтобы друг друга позабыть.

Отныне стану наслаждаться

И в страсти стану клясться всем;

Со всеми буду я смеяться,

А плакать не хочу ни с кем;

Начну обманывать безбожно,

Чтоб не любить, как я любил,-

Иль женщин уважать возможно,

Когда мне ангел изменил?

Я был готов на смерть и муку

И целый мир на битву звать,

Чтобы твою младую руку —

Безумец!- лишний раз пожать!

Не знав коварную измену,

Тебе я душу отдавал;

Такой души ты знала ль цену?

Ты знала — я тебя не знал!

〈1832〉

K* (나는 당신 앞에서 비굴하지 않을 거예요)

나는 당신 앞에서 비굴하지 않을 거예요;
당신의 인사에도, 당신의 비난에도
내 영혼에 대한 권한은 없어요.
알아 두세요: 이제부터 우리는 모르는 사람이에요.
당신은 이미 잊어 버렸을 거예요: 내가 자유를
잘못된 판단을 위해 제공하지 않는다는 것을요;
그리고 내가 수 년 동안 그렇게 희생했다는 것을요
당신의 미소와 시선 때문에,
나는 당신에게서 젊은 날의 희망을
그렇게 너무나 오랫동안 보았고
그리고 당신을 더 강렬하게 사랑하기 위해서,
모든 세계를 증오했었지요.
어쩌면, 그 순간들을 알기나 하는지요,
당신의 발치에서 보낸 세월과
내가 영감을 얻기 위해 쏟았던 시간들을요!
그런데 당신은 그것들을 무엇으로 대체했지요?
아마도, 천상의 생각으로
그리고 정신의 힘으로 확신했겠지요,
내가 세상에 멋진 선물을 주었더라도,
세상이 나에게 그 불멸의 영예를 주었을까요?
왜 당신은 그의 왕관을 교체할 거라고
그렇게 다정하게 약속을 했나요,
왜 당신은 처음부터 아니었나요,
결국엔 어떤 것을 시작했지요!

나는 당당해요! ─ 용서하세요! 다른 사람을 사랑하세요,

다른 곳에서 사랑을 찾는 꿈을 꾸세요;

지상에 존재하지 않는 그 무엇일지라도

나는 노예가 되지는 않을 거예요.

아마도, 남쪽의 하늘 아래 타국의 산악 속으로

나는 멀리 떠나 갈 거예요;

하지만 우리는 서로 서로를 너무 많이 알고 있지요,

서로가 서로를 잊으려 하기에는요.

지금부터 나는 즐거움을 누리고

모두에게 열정적일 것을 맹세할 거예요;

나는 모두와 함께 웃을 거예요,

그렇지만 누구와도 함께 울고 싶진 않아요;

나는 파렴치하게 속이기 시작할 거예요,

내가 사랑했던 것처럼, 더 이상 사랑하지 않거나, ─

아니면 여성을 존중하는 것이 가능할 수 있게요,

천사가 언제 나를 배신했을까요?

나는 죽음과 고통을 준비했고

전 세계에 전투를 호소할 준비가 되었지요,

당신의 젊은 손을 위해서요 ─

정신 나간 자네요! 불필요하게 더 붙잡다니!

나는 교활한 배신을 알지 못한 채,

당신에게 내 영혼을 다 주었지요;

당신은 그런 영혼의 가치를 알고 있나요?

당신은 알고 있었으나 ─ 나는 당신을 몰랐지요!

〈1832〉

　시 «K* (나는 당신 앞에서 비굴하지 않을 거예요...(Я не унижусь пред тобою...))»는 레르몬토프의 첫 사랑들 중 한 여인에게 헌정된 작품입니다. 실제로 시인의 동시대 사람들은 이 시가 누구에게 헌사 되었는지 몰랐지만 오랜 시간이 경과한 후, 연구자들이 시인이 사랑했던 연인이 나탈리야 이바노바(Н. Иванова)에게 헌정된 사실을 규명하였습니다. 레르몬토프가 이 시를 창작할 당시 이바노바가 시인의 감정에 어떻게 응대하였는가에 대해서는 잘 알려져 있지 않지만, 아마도 레르몬토프는 상호간의 호감을 기대할 수 있다고 믿었던 것 같습니다. 시인은 사교계의 에티켓에 따라 오직 무도회에서만 이바노바를 만나 함께 시간을 보내면서 자신이 이 경박한 미인을 추종하고 있는 많은 숭배자들 중 한 명임을 자각하게 됩니다. 레르몬토프는 1832년에서야 자신과 이바노바와의 관계가 실패한 연애사라는 사실을 공정하게 바라 볼 수 있었습니다. 그는 «K* (나는 당신 앞에서 비굴하지 않을 거예요)»라는 시에서 자신의 인상과 감정을 진솔하게 표현했습니다. 시인은 그녀를 진심으로 사랑했기 때문에 시의 내용은 매우 감정적이며, 실패한 사랑으로 인한 정신적 외상이 매우 심각했음을 알 수 있습니다. 이런 이유로 그가 '우리는 이제부터 낯선 사람들이다(мы чужие с этих пор)'라고 분명하게 밝히는 것은 쉽지 않았습니다. 당시 시인의 눈에 사랑하는 연인은 새로운 신으로 강림하였으며, 그는 그녀를 위해서는 어떤 것도 아끼지 않았습니다. 물론 젊은 낭만주의 시인의 진술에는 여전히 많은 과장이 포함되어 있습니다. 그가 사랑하는 연인으로 인해서 '전 세계를 증오했을(целый мир возненавидел)' 때, 사랑하는 사람에게 자신의 모든 감정을 전했고, 그녀와의 길지 않은 연인관계를 지속하기 위해 수 년 동안 모든 정성을 다해 희생했습니다.

한편 레르몬토프는 헛되이 낭비된 시간에 대해서 충분히 현명하게 판단을 하고 있는데, 그는 이 시간들이 자신의 시적 재능의 발전을 위해서 사용되었다고 여기고 있습니다. 시인이 더 성숙한 나이가 된 후, 그는 무도회와 가장 무도회의 참석에 대한 일반적인 경멸감과 환멸을 느끼게 됩니다. 아마도 이러한 경멸의 근원은 실패한 사랑과 연관 되었을 것입니다.

시의 내용으로 판단해 볼 때 아가씨는 시인에게 어떤 의미가 담긴 약속을 하였는데, 그녀의 입장에서는 이 약속은 그저 지나가는 장난스러운 말장난에 불과했을 것입니다. 그러나 시인의 숭고한 영혼은 이 말을 진실로 받아들였습니다. 시인은 자신이 그녀에게 있어서 일상적인 유희의 대상이자 오락거리였다는 사실을 너무 늦게 깨달았습니다. 시인은 어느 정도 시간이 지난 후에서야 '나는 당당하다!(я горд!)'라고 토로하면서 각성을 하게 됩니다. 시인 자신이 이미 저지른 실수들은 미래에 큰 교훈이 되었습니다. 시인은 다시는 누구에게도 굴욕 당하지 않을 거라고 확언합니다. '남쪽 하늘 아래로(под небо юга)'라는 표현은 정치적 추방을 암시하는 것으로 19세기에는 카프카스로 떠나는 유형자들이 전하는 전통적인 위협의 진부한 형용어구입니다. 레르몬토프는 이제부터 마음과 영혼이 강건해 질 거라고 선언합니다. 그가 천사라고 여겼던 아가씨의 교활한 배신이 그로 하여금 여성에 대한 존경을 영원히 상실하게 만들었습니다. 이 후로는 그 자신이 아가씨들에게 거짓 서약을 하고 마음을 아프게 할 것을 다짐합니다.

시인은 결말에서 자신이 그녀를 위해서 매우 필요한 사람이라는 사실을 사랑했던 연인이 알게 되었다고 선언합니다. 그러나 실제로는 시인 자신이 사랑의 안개 속에 갇혀 있었기 때문에 그는 환상 속의 '여신(богиня)'이 어떤 존재인지 마지막까지 알지 못했습니다.

[그림 10] 이별 통보

К* (Прости! — мы не встретимся боле)

Прости! — мы не встретимся боле,

Друг другу руки не пожмём;

Прости! — твоё сердце на воле...

Но счастья не сыщет в другом.

Я знаю: с порывом страданья

Опять затрепещет оно,

Когда ты услышишь названье

Того, кто погиб так давно!

Есть звуки — значенье ничтожно

И презрено гордой толпой,

Но их позабыть невозможно:

Как жизнь, они слиты с душой;

Как в гробе, зарыто былое

На дне этих звуков святых;

И в мире поймут их лишь двое,

И двое лишь вздрогнут от них!

Мгновение вместе мы были,

Но вечность — ничто перед ним;

Все чувства мы вдруг истощили,

Сожгли поцелуем одним.

Прости! — не жалей безрассудно,

О краткой любви не жалей:

Расстаться казалось нам трудно,

Но встретиться было б трудней!

〈1832〉

K* (용서하세요! – 우리는 더 이상 만나지 않을 거예요)

용서하세요! — 우리는 더 이상 만나지 않을 거예요,
서로의 손을 잡지 않을 거예요;
용서하세요! — 당신의 마음은 자유로워요...
그러나 다른 사람에게서 행복을 찾으려 하진 마세요.
나는 알아요: 고통의 복받침과 함께
그것이 또 다시 흔들리기 시작할 거예요,
아주 오래 전에 죽은 사람의 이름을
당신이 듣게 되었을 그 때에요!

소리가 있어요 — 의미는 매우 시시해서
교만한 군중에 의해 무시되지요,
그러나 그것을 잊는 것은 불가능하지요:
인생과 마찬가지로 그것들은 영혼과 합쳐지지요;
묘지에서처럼, 이 성스러운 소리들의 과거를
밑바닥에다 파묻겠지요.
세상에서 오직 두 사람 만이 그것을 이해할 거예요,
그리고 오직 두 사람만 그 소리로 인해서 전율하겠지요!

우리가 함께 했던 순간이 있었지요,
그러나 영원은 그 순간 앞에서 아무 것도 아니에요.
우리는 모든 감정들을 갑자기 소진했지요,
한 차례의 키스를 통해서 불태워 버렸지요.
용서하세요! ― 경솔하게 동정하지 마세요,
짧은 사랑에 대해서 아쉬워하지도 마세요:
우리가 헤어지는 것이 어려워 보였지요,
하지만 만나는 것은 더 어려울 거예요!

〈1832〉

해설과 분석
Комментария и анализ

   이 시는 레르몬토프가 모스크바에서 페테르부르크로 출발하기 전
인 1832년 8월에 쓴 작품입니다. 이 시가 누구에게 헌정 되었는지에
대한 최종적인 규명은 지금까지도 분명하지 않습니다. 어떤 연구자는
수취인이 나탈리야 이바노바(Н.Ф. Иванова)라고 주장하고, 다른 연구
자는 바르바라 로푸히나(В.А. Лопухина)라고 주장합니다. 이러한 주장
에는 각 연구자마다 나름대로의 이유와 근거가 있습니다. 하지만 이
시가 창작된 시기와 시에 내재된 모든 내용의 개연성으로 추론해 볼
때, 이바노바에게 헌정된 시라는 것이 좀 더 설득력이 있습니다.

   1832년 레르몬토프는 시의 내용이 매우 온유하지만 슬픈 시 «К* (용
서하세요 - 우리는 더 이상 만나지 않을 거예요(Прости! - мы не встретимся
боле))»를 썼습니다. 이 작품은 젊은 시인의 마음이 얼마나 관대한 지를
보여주고 있습니다. 시 «К* (용서하세요! ..)»는 소위 «이바노바 연작시
(ивановский цикл)»에 포함되며, 이는 나탈리야 이바노바에 대한 시인
의 감정을 반영한 것입니다. 레르몬토프는 1830년에서 1832년 사이에
자신의 시작 노트에 사랑의 파탄에 따른 자신의 심정을 토로하는 많은
시들을 썼고, 그는 이렇게 창작된 작품들을 여전히 불가사의하고 차가
운 Н. Ф. И.에게 헌정하곤 했습니다. 고통과 슬픔으로 가득 찬 이
작품도 마찬가지입니다. 이 시의 내용상 헌사의 대상이 이바노바라는
사실을 직접적으로 보여주지만, 날짜 또는 중요한 사건은 아무 것도
언급되지 않았으며, 또한 연인의 이미지도 구체적으로 묘사되지 않았

습니다. 시인은 시행들을 특별한 감정과 환상으로 가득 채우면서 자신이 죽어 세상을 떠날 때, 사랑하는 아가씨가 미래에 어떻게 행동할 것인 지를 상상하고 있습니다. 시인은 사랑하는 연인에게 1인칭 화자의 시점으로 다음과 같이 말합니다:

'용서하세요! - 우리는 더 이상 만나지 않을 거예요,
서로의 손을 잡지 않을 거예요;
용서하세요! - 당신의 마음은 자유로워요...
그러나 다른 사람에게서 행복을 찾으려 하진 마세요.

시인은 '용서하세요!(Прости!)'라는 표현의 어두반복을 통해서 순간의 표현을 강화시키고 있습니다. 시인은 두 사람 사이의 운명적인 관계를 결론지으며, 앞으로 일어날 결과를 요약합니다.

시는 각각 8행으로 이루어진 3연으로 구성되었습니다. 1연과 3연은 서정적 주인공의 감정을 격정적으로 묘사하면서 열정의 대상과 함께했던 시간과 행동들을 설명하고 있습니다. 2연은 사랑의 본질에 대한 시인의 철학적인 성찰입니다. 시인은 일반적이면서도 특별한 젊은이들만의 지혜로운 소리를 언급하면서, 사랑하는 남자와 여자 사이에 정신적 유대 관계가 형성되고, 그 관계가 끝났을 때에도 그 영적 유대는 깨지지 않는다는 사실에 대해 이야기하고 있습니다. 시인은 연인들이 나누었던 소리의 이미지에서 연인들의 영혼 속에 남아 있는 이 흔적들을 반영하고 있습니다:

'소리가 있어요 - 의미는 너무 시시해서
교만한 군중에 의해 무시되지요

세상에서 오직 두 사람 만이 그것을 이해할 거예요,
그리고 오직 두 사람만이 그 소리로 인해서 전율하겠지요!

그런 다음 시인은 다시 사랑하는 연인에게 호소합니다. 다시 한 번 더 '용서하세요!'라는 표현을 만나게 되지만, 이제는 서정적 주인공이 더 평온하고 침착한 상태임을 알 수 있습니다. 시인은 상호간의 열렬했던 한 때의 사랑의 순간으로 인해 야기된 영원한 외로움도 가치가 있다는 사실로써 자신과 연인을 함께 위로하고 있습니다. 독자들에게는 한 차례의 뜨거운 키스로 자신의 불타오르는 감정의 생생한 이미지를 제시하면서, 서정적 주인공은 결코 다시는 행복할 수 없을 거라는 사실에 자신을 순종시키고 있는 것 같습니다. 레르몬토프의 운명에 대한 이러한 순종적인 태도가 그로 하여금 푸슈킨의 시 «나는 당신을 사랑했습니다...(Я вас любил…)»(1830)와 유사한 시 «K* (용서하세요! ..)»를 창작하도록 추동하였습니다. 젊은 시인은 이 작품에서 연인과의 이별이 자기 자신을 매우 아프게 한다는 사실을 격하게 토로하면서도 사랑하는 연인을 자유롭게 떠나보냅니다.

바르바라 알렉산드로브나 로푸히나
Варвара Александровна Лопухина

[그림 11] 바르바라 로푸히나와 미하일 레르몬토프의 초상화

    청소년기의 연인 예카테리나 수슈코바와 나탈리야 이바노바와 헤어진 후, 레르몬토프가 새로이 사랑에 빠진 아가씨는 바르바라 로푸히나(Варвара Лопухина)였다. 1830년 봄 레르몬토프는 그의 외할머니 옐리자베타 아르세니예바(Елизавета Арсеньева)와 함께 모스크바 근교에 있는 말라야 몰차노브카(Малая Молчановка)의 2번가로 잠시 거처를 옮겼는데, 이 집의 맞은편에 귀족 로푸힌(Лопухин)가의 대저택이 있었고, 그 집 아들 알렉세이(Алексей)와 레르몬토프는 서로 친구가 되었

다. 알렉세이에게는 마리야(Мария)와 바르바라(Варвара)라는 두 누이가 있었다. 레르몬토프와 바르바라 로푸히나는 10대의 나이에 이웃으로 만나 알고 지내면서 서로 친밀한 애착을 느꼈고, 후에 미래를 도모할 정도의 열정적인 관계를 지속하게 되었다. 레르몬토프가 수슈코바에게 예전의 굴욕에 대한 복수를 하는 과정에서 야기된 잘못된 소문으로 인해 그들의 사랑은 비극적인 파국으로 끝이 났다. 이 파국의 사단은 1835년에 레르몬토프가 청소년 시절에 당한 모욕적인 사랑과 기만에 대한 응징을 하기 위해 예카테리나 수슈코바에게 거짓으로 했던 구애와 관련된 소문 – '페테르부르크에서 레르몬토프가 수슈코바에게 청혼했다' – 이 그들 사이의 관계에서 큰 오해를 불러일으켰고, 그 결과는 사랑하는 두 연인의 삶을 완전히 비극적인 파국으로 이끌었다. 이 당시 로푸히나의 부모는 그녀보다 훨씬 나이가 많은 부유한 지주인 바흐메테프(Н.Ф. Бахметев)와 정략결혼을 하도록 강요했다. 그녀는 잘못된 소문에 대한 응답으로 바흐메테프와 결혼을 했지만 여전히 레르몬토프를 사랑하고 있었기 때문에 곧 후회를 하게 된다. 그 후로 레르몬토프는 죽을 때까지 그녀의 이미지를 가슴 속에 소중히 간직했는데, 시인이 자신의 삶에서 가장 강하고 깊은 사랑을 그녀에게서 느꼈었기 때문이다. 그는 세속적인 여성의 이미지와 대조를 이루는 그녀의 아름답고 멋진 이미지를 그의 향후 창작에서 부단히 표출하였다. 시인에게 있어서 바르바라 로푸히나는 바로 여성의 아름다움에 대한 《이상》 그 자체였다. 따라서 그의 창작에서 그녀에 대한 사랑의 테마는 특별한 위치를 차지했는데, 그녀에게 헌정된 시들과 함께 그녀는 다른 작품들에서도 주요한 등장인물의 전형이 되었고, 심지어 시인 자신이 그녀를 직접 그린 로푸히나의 초상화에서도 구현되었다.

레르몬토프가 진정으로 사랑했던 연인 바르바라 로푸히나의 갑작스런 결혼 후 그의 사랑의 서정시의 테마는 새로운 전환을 맞이하게 된다. 레르몬토프는 이 고통스러운 사랑의 이야기를 «우리 시대의 영웅(Герое нашего времени)»과 드라마 «두 형제(Два брата)» 그리고 미완성 작품인 «리고프스카야 공작의 딸(Княгине Лиговской)»에서 부분적으로 재현하였다. 레르몬토프의 대표적인 소설 «우리 시대의 영웅»에서 로푸히나는 자신과 닮은 주인공인 페초린(Печорин)이 사랑했던 베라(Вера)의 전형이 되었고, 그의 드라마 «두 형제(Два брата)»에서는 계산에 따른 불평등한 결혼에 대해 묘사하면서 바르바라 로푸히나의 가족을 암시하고 있다.

바르바라는 결혼한 후 충실하고 순종적인 아내로 살았지만, 그녀는 결코 행복한 결혼 생활을 영위하지는 못했다. 그녀의 남편은 매우 질투가 심했고 레르몬토프에 대해서 기억하는 것조차도 허용하지 않았다. 하지만 그녀는 레르몬토프를 잊을 수 없었다. 그녀가 결혼한 3년 후인 1838년에 레르몬토프는 다른 사람의 아내가 된 로푸히나-바흐메테바(Лопухина-Бахметева)를 모스크바에서 한 번 만났지만, 그녀는 이때 이미 병이 든 상태였다. 레르몬토프는 그녀와의 슬픈 해후 후에 «아이에게(Ребёнку)(1840)»라는 시를 그녀에게 헌정했다. 이 무렵에 쓴 그의 사랑의 서정시의 기조는 평온하고 온화했는데 그의 시들은 영혼의 깊은 곳에 감동을 주었다. 1841년 레르몬토프가 결투로 죽었을 때, 바르바라 로푸히나의 모든 신경은 완전히 쇠약해졌고, 그녀는 모스크바에서든 해외에서든 건강을 회복하려 노력하지 않은 결과, 레르몬토프가 사망한 지 10년이 지난 1851년 건강이 더욱 악화되어 겨우 36세의 나이에 세상을 떠났다. 이들의 슬픈 사랑의 이야기는 레르몬토프의 소설 «황금 세기의 스카즈카들(Сказки Золотого века)»에 담겨 있으며, 그는 다음과 같은 시들을 그녀에게 헌정했다: «그녀는 고상한 아름다움으로가 아니라...(Она не гордой красотою...)», «우리는 우연히 운명에 의해 만났다...(Мы случайно сведены судьбою...)», «헛된 걱정들은 남겨두세요...(Оставь напрасные заботы...)», «나는 당신에게 우연히 편지를 쓰고 있어요: 사실이에요...(Я к Вам пишу случайно: право...)», «꿈(Сон)», «이즈마일-베이(Измаил-Бей)»와 «악마(Демон)»도 로푸히나에게 헌정한 작품이다.

[그림 12] 바르바라 로푸히나 초상화(레르몬토프 作)

Она не гордой красотою

Она не гордой красотою
Прельщает юношей живых,
Она не водит за собою
Толпу вздыхателей немых.

И стан ее не стан богини,
И грудь волною не встает,
И в ней никто своей святыни,
Припав к земле, не признает.

Однако все ее движенья,
Улыбки, речи и черты
Так полны жизни, вдохновенья,
Так полны чудной простоты.

Но голос в душу проникает,
Как вспоминанье лучших дней,
И сердце любит и страдает,
Почти стыдясь любви своей.

〈1832〉

그녀는 고상한 아름다움으로가 아니라

그녀는 고상한 아름다움으로
활기 넘치는 젊은이들을 유혹하지 않으며,
그녀는 말없이 사모하는 이들의 무리를
자신을 따르도록 이끌지 않지요.
그녀의 몸매는 여신의 몸매가 아니며,
가슴은 파도처럼 서 있지도 않아요,
그리고 누구도 그녀에게 자신의 신성한 것을,
땅에 주저 않은 채 고백하진 않아요.
그러나 그녀의 모든 움직임,
미소, 이야기와 특징들은
그렇게 삶과 영감으로 충만하며,
그렇게 놀라운 소탈함으로 가득하지요.
그러나 영혼을 향한 목소리가 관통하지요,
최고의 날의 회상처럼,
자신의 사랑을 수줍어하면서,
심장은 사랑을 하고 고통을 받지요.

〈1832〉

해설과 분석
Комментария и анализ

1832년에 창작된 시 «그녀는 고상한 아름다움으로가 아니라(Она не гордой красотою)»는 시인의 가장 애절한 사랑의 대상인 바르바라 알렉산드로브나 로푸히나(Варвара Александровна Лопухина)에 대한 사랑의 고백입니다. 이때 시인은 열여덟 살이었고, 그 해에 자신의 아버지가 운명하였으며, 시인 자신은 아직은 모스크바 대학의 학생이었지만 가을부터는 페테르부르크 기병 사관학교로 옮겨 자신의 인생을 크게 바꾸게 됩니다. 당시 그는 로푸히나에게 사랑에 빠져 있었고, 이 사랑은 꽤나 진지했던 것 같습니다. 그들은 서로가 상대에게 좋은 감정을 공유했습니다.

이 시는 장르상으로 사랑의 서정시이며, 운율은 약강격에 교차운으로 구성되었습니다. 서정적 주인공은 작가 자신으로 젊은 시인은 진심으로 따뜻한 감정을 담아 사랑하는 연인을 묘사하고 있습니다. 셰익스피어의 소네트 «그녀의 눈은 별과 같지 않다(Ее глаза на звезды не похожи)»라는 작품과의 유사성은 시인이 셰익스피어의 작품에서 무의식적인 영향을 받아 창작을 하도록 자신을 부추긴 것으로 추정되고 있습니다. 레르몬토프가 셰익스피어의 이 시를 이미 읽었고 그 내용을 잘 알고 있었음을 확인할 수 있는데, 그것은 당시에 러시아에서 독서 대중들 사이에서 어떤 책이 가장 유행하고 있는지에 대해서 시인 자신이 직접 영어 고전에 대해서 쓴 평정서를 작성했기 때문입니다.

시의 전반부는 부정에 기반을 두고 있는데 1행과 3행에서 반복되는

'그녀는 ~ 아니다(она не)'라는 어두중첩법을 사용하고 있습니다. 또한 앞에서 언급된 예전의 사랑의 대상이었던 이바노바와 수슈코바라는 특정 인물들과 새로운 연인을 대비시키고 있습니다. 작품의 후반부는 자신이 선택한 여성에 대해 감탄하고 있습니다. 만일 수슈코바나 이바노바가 '미소(улыбка)', '언변 및 용모(речь и черта)'가 뛰어난 외적인 아름다움을 가지고 있다면, 로푸히나는 내적인 충실성이 돋보이는 '생명(жизнь)', '영감(вдохновенье)', '단순성(простота)'으로 가득한 순수한 영혼을 가지고 있습니다. 그는 그녀의 목소리만 듣고 있어도 이미 행복합니다. 그녀가 자신의 숭배자들을 위한 '성스러운 보물(святыня)'도 아니고, '여신(богиня)'도 아니라면, 이 사실들은 변덕스러운 세상이나 주인공에게 아무런 영향도 주지 않을 것입니다.

반대로 시인은 자신에 대한 그녀의 진실하고 신실한 애정과 내적인 아름다움을 더 중요하게 생각합니다. '자신의 사랑을 수줍어하며(Почти стыдясь любви своей)'라는 구절을 통해서 주인공은 자신의 사랑을 무례한 시선으로부터 숨기기 위해 노력하면서 이런 감정을 개입시킴으로써 가장 큰 상처가 자신에게 가해질 수 있음을 인정합니다. 형용어구로는 '생생함(живой)', '무언의(немой)', '놀라운(чудный)'이 있고, 반복법으로 '그녀의 몸통은 몸통이 아니다(стан ее не стан)'을 찾아 볼 수 있으며, 어두중첩법은 '그렇게 가득하다(так полны)'가 2회 사용되었으며, 은유법은 '목소리가 영혼을 관통한다(голос душу проникает)'가 보여 지고, 비교법으로는 '기억처럼 파도의 가슴(грудь волною, как воспоминанье)'이 사용되고 있습니다.

Из-под таинственной, холодной полумаски

Из-под таинственной, холодной полумаски
Звучал мне голос твой отрадный, как мечта.
Светили мне твои пленительные глазки
И улыбалися лукавые уста.

Сквозь дымку легкую заметил я невольно
И девственных ланит, и шеи белизну.
Счастливец! видел я и локон своевольный,
Родных кудрей покинувший волну!..

И создал я тогда в моем воображенье
По легким признакам красавицу мою;
И с той поры бесплотное виденье
Ношу в душе моей, ласкаю и люблю.

И все мне кажется: живые эти речи
В года минувшие слыхал когда-то я;
И кто-то шепчет мне, что после этой встречи
Мы вновь увидимся, как старые друзья.

〈1841〉

신비롭고 차가운 반쪽 가면 아래에서

신비롭고 차가운 반쪽 가면 아래에서
당신의 기쁨에 찬 목소리가 내게 들려왔지요, 환상처럼요.
당신의 매혹적인 눈길이 내게 빛을 비추었고
능청스런 두 입술이 미소를 지었어요.

나는 희미한 안개 속에서 우연히
처녀의 청순한 두 뺨과 목의 흰 살결을 보았어요.
운 좋은 남자였지요! 나는 제멋대로 내려 퍼진 머리채와
손질하지 않은 사랑스런 곱슬머리의 물결을 보았어요!..

그때 나는 내 상상 속에서
간단한 부호들로 내 미인을 창조했어요;
나는 그때 이후로 이 흐릿한 환영을
내 영혼 속에 담고 다니면서 귀여워하고 사랑했어요.

모든 것이 내게는 이렇게 여겨졌지요: 이 생생한 이야기들을
지난 시절 내가 언젠가 들었던 것 같다고;
이 만남이 끝난 후 누군가가 내게 속삭이겠지요,
오랜 친구로서, 우리는 또 다시 만날 거라고.

〈1841〉

레르몬토프는 어린 시절부터 상류 사회의 세속적인 생활을 지루해했으며 혼자 외로이 있는 것을 더 선호했습니다. 그러나 시인이 카프카스로 떠나기 전인 1841년 늦은 겨울에 사랑하는 연인 로푸히나를 만나기 위해 상류 사회의 무도회에서 시간을 보내게 되는데, 그가 무도회에 참석하는 이유는 자신이 마지막으로 사랑했던 연인과의 만남의 가능성을 제공해 주었기 때문입니다. 사교계의 규칙에 따라 부인들은 낯선 남성들과 직접 소통하는 것이 일반적으로 금지되었기 때문에 이러한 만남은 상호간의 동의하에 침묵 속에서 이루어졌습니다. 시인 자신이 초래한 사건으로 인해서 헤어진 옛사랑의 연인과의 무도회에서의 이러한 비밀스런 만남을 통해 영감을 얻은 레르몬토프는 «신비하고 차가운 반쪽 가면 아래에서…(Из-под таинственной, холодной полумаски…)» (1841)라는 시를 썼습니다.

19세기 러시아 상류사회에서 가장 인기 있는 오락이었던 가장 무도회는 동시대 시인 및 작가들의 다양한 작품에서 상세하게 설명되고 있습니다. 레르몬토프도 역시 자신의 작품에서 이 주제에 대해 여러 차례에 걸쳐 관심을 표현하였습니다. 어떤 사람의 진정한 얼굴을 감추어 주는 가면은 상류 사회의 세속적인 무도회에 참석한 연인들에게 특별한 즐거움을 배가시켜 주었습니다. 또한 여기서 우연히 발설된 말실수, 몸짓, 미소 등은 온갖 추측과 소문의 근원이 되곤 하였습니다. 따라서 가장 무도회에서 발생한 경미한 사건들이 스캔들과 결투를 야기하는 경우가 흔치 않게 발생했습니다.

시인에게 있어서 "차가운 반쪽 가면"은 자신이 사랑하는 연인의 모습을 완전하게 숨길 수는 없었습니다. 시인은 여성의 목소리를 통해서 '매혹적인 시선(пленительным глазкам)'과 '능청스런 입술(лукавым устам)'의 특징을 보여주는 사랑하는 연인을 곧바로 알아보았습니다. 그의 상상력은 나머지 부차적인 세부 사항들은 매우 평이하게 묘사하고 있지만 시인이 자신의 추측에서 실수를 범할 수는 없습니다. 어떤 여성에게나 어울릴 수 있는 '목의 흰 살결(шеи белизну)'과 '제멋대로인 내려 퍼진 머리채(локон своевольный)'로도 사랑하는 연인의 모습과 자신 있게 연결시키고 있습니다. 시인은 이러한 단편적인 관찰에 기초하여 아가씨의 전체 이미지를 재현합니다. 그는 경외감과 사랑으로 휩싸인 '흐릿한 환영(бесплотное виденье)' 덕분에 자신의 마음 속 깊은 곳에 자리하고 있는 연인과의 예전의 친밀한 관계의 복구가 불가능하다는 현실을 견뎌낼 수 있습니다.

가장무도회에서의 이러한 비밀스런 만남은 시인의 영혼에 잊을 수 없는 감흥을 남깁니다. 시인에게는 순간적인 시선과 미소가 신비롭고 특별한 의미로 가득 찬 것처럼 여겨졌습니다. 그런 인상들 덕분에 사랑하는 연인과의 보이지 않는 연결이 이어지게 되며, 이것은 그에게 화해와 사랑의 관계의 발전과 친밀성에 대한 희망을 제공합니다. 다른 상황에서라면 그들은 더 이상 누구에게도 숨기지 않은 채 서로 '오래된 친구처럼(как старые друзья)' 만날 수 있었을 것입니다.

실제로 로푸히나는 레르몬토프의 이러한 감정에 반응을 했습니다. 그러나 시인은 그녀의 결혼 생활을 망치고 싶지 않았습니다. 또한 레르몬토프는 인생에서의 수많은 좌절의 경험과 카프카스로의 유형으로 인해 개인적으로 행복한 미래를 기대하는 것이 허용되지 않았습니다. 그는 스스로 자신의 행복을 거부하였고 너무 젊은 나이에 죽음을 찾아 떠났습니다. 그러나 동시에 그의 삶이 끝날 때까지 시인은 그의 기억 속에 '흐릿한 환영(бесплотное виденье)'을 보존하였는데, 이것은 그의 마지막 즐거운 추억이 되었습니다.

마리야 알렉세예브나 셰르바토바
Мария Алексеевна Щербатова

[그림 13] 마리야 알렉세예브나 셰르바토바

레르몬토프는 1839년부터 1840년까지 모스크바 사교계의 가장 대표적인 미인이자 귀부인으로 유명한 마리야 알렉세예브나 셰르바토바(Мария Алексеевна Щербатова)(1820-1879)에게 사랑에 빠져 있었다. 그는 그녀가 자신을 사랑하는 지 사랑하지 않은 지에 대해서는 분명하게 알지 못했지만, 그녀의 발아래에다 온 세상을 바치고 싶어 할 정도로 매료되어 있었다. 그녀는 키가 컸으며 균형 잡힌 날씬한 몸매에 청동색의 화려하고 숱이 풍성한 머릿결을 가진 우크라이나 태생의 젊은 미망인이었다. 결혼 전의 성이 슈테리치(Штерич)인 마리야 셰르바토바는 아름다운 외모와 함께 최고의 교육을 받은 여성이었다. 그들이 모스크바에서 처음 만났을 때 그녀는 스무 살 정도의 나이였고, 레르몬토프는 스물다섯 살이었다. 레르몬토프는 그녀에 대해 최고의 찬사라 할 수 있는 "스카즈카로도 말할 수 없고, 펜으로도 묘사할 수 없다(Ни в сказке сказать, ни пером описать)"라는 표현으로 기술하고 있다. 레르몬토프의 사랑의 서정시는 셰르바토바와 교류하던 시기에 정점에 도달했다고 볼 수 있다. 시인이 당대의 가장 아름답고 기품 있는 미망인에게 바친 시로는 다음과 같은 작품들이 있다: «왜지요(Отчего)», «세속적인 사슬이 아니라(Не светские цепи)», «기도(Молитва)», «셰르바토바에게(М. А. Щербатовой)». 그 당시 프랑스 대사의 아들인 에르네스트 바란트(Эрнест Барант) 또한 마리야 알렉세예브나에게 적극적으로 구애를 하고 있었다. 셰르바토바를 사이에 두고 그들 사이에 경쟁이 불붙었고 결국 결투가 벌어졌다. 그 결과로 레르몬토프는 카프카스로 두 번째의 유형에 처해졌다.

Отчего

Мне грустно, потому что я тебя люблю,

И знаю: молодость цветущую твою

Не пощадит молвы коварное гоненье.

За каждый светлый день иль сладкое мгновенье

Слезами и тоской заплатишь ты судьбе.

Мне грустно... потому что весело тебе.

〈1840〉

왜지요

나는 슬퍼요, 내가 당신을 사랑하기 때문에요,

나는 알고 있어요: 당신의 만개한 젊음을

소문의 교활한 박해가 용서하지 않을 것을요.

모든 즐거운 날이나 달콤한 순간을 위해서

당신은 운명에게 눈물과 애수로 지불해야 해요.

나는 슬퍼요... 당신이 즐겁기 때문에요.

〈1840〉

레르몬토프는 1840년에 서정시 «왜지요(Отчего)»를 썼습니다. 시의 제목은 작품의 주인공이 찾고자 하는 질문에 대한 대답을 추측하게 합니다. 시인이 이 시를 자신이 흠모했던 마리야 알렉세예브나 셰르바토바(Мария Алексеевна Щербатова)에게 헌정했습니다. 이 시의 줄거리는 두 주인공의 이별, 숙명적인 상황과 행복할 수 없는 운명을 다루고 있는데, 모든 것은 자신의 감정과 사랑하는 사람의 운명에 대한 주인공의 독백과 내적 성찰의 형태로 구성되어 있습니다. 그녀의 이미지는 매우 매혹적이고 밝아 보입니다. 시인은 이 여성의 아름다움, 자유에 대한 식견과 비범성, 사회적인 여론으로부터 의연한 독자적인 성격에 매료되었습니다.

시에서는 서정적 등장인물의 내면세계가 독자들에게 공개되고 있는데, 그는 강한 감정과 심오한 체험에 재능을 발휘할 수 있는 진실하고 완전한 사람으로 제시되고 있습니다. 그는 활기차고 낙천적인 여성의 화사하게 만개한 젊음을 구원하고자 하는 커다란 소망을 가지고 있습니다. 그는 진심으로 그녀가 행복하기를 기원하지만, 그것이 불가능하다는 사실을 알고 있습니다. 이 시에 내재된 주된 내용은 사랑에 빠진 남자가 이별의 예감에 따른 슬픔, 괴로움, 불안, 그리고 그에 수반되는 상황이 절망적이라는 인식과 자신의 연인과의 이별이 초래한 감정을 분명하게 표현하고 있습니다. 또한 사교계 사람들의 세속적인 태도에 반대하여 진실하고 자유로운 의지를 가진 사람들의 충돌의 모티브를 찾아 볼 수 있습니다. 세속적인 사교계 주위에는 각양각색의 유언비어와 중상이 난무합니다. 여주인공은 이후에 맞이할 미래의 행복한 날과 즐거운 순간을 시기하여 찾아오는 쓰라린 눈물을 경험해야 하고, 또한 교활한 소문에 대해서도 자신이 감당해야만 할 운명이 지워져 있습니다. 이 6행의 짧은 시는 "왜지요?"라는 질문에 대한 대답의 형태로 구성되어 있습니다. 주인공은 첫 행과 마지막 행에서 의미 있는 짧은 대답을 두 차례에 걸쳐 말하고 있습니다. 1행에서는 주인공이 사랑하기 때문에 슬퍼한다고 말합니다. 그리고 마지막 6행에서는 사랑하는 연인이 다가오는 위험을 느끼지 못하고, 그녀가 즐거워하고 있기 때문이라고 진술합니다. 그러나 시적 주인공은 곧 그녀가 매우 불쾌한 일을 겪을 것을 알고 있기 때문에 모든 고통과 슬픔을 미리 예감하고 있습니다. 레르몬토프의 세계관은 두 가지 답변 뒤에 숨겨져 있습니다. 이 작품에는 현재와 미래 시제가 번갈아 나타납니다. 현재 시제는 '사랑해요(люблю)', '알아요(знаю)', '슬프다(грустно)'로 표현되면서 사랑의 감정과 긴밀히 얽혀 있습니다. 그리고 미래 시제는 여주인공의 미래 운명을 예감하는 '지불할 거다(заплатишь)', '용서받지 못할 거다(не пощадит)'와 관련이 있습니다. 시 전체에 걸쳐서 외로움과 우울함이 느껴지지만 시인은 사랑을 테마로 다룬 최고의 서정시를 창작하였습니다. 이 시는 짧은 6행의 시로 구성되어 있지만, 그 안에는 매우 심오한 의미가 내재되어 있습니다. 시인은 영혼이 자유로운 사람들은 군중들의 잘못된 소문과 비방에 맞서 싸워야한다는 점을 묵시적으로 강조하고 있습니다.

[그림 14] 레르몬토프와 페테르부르크

예카테리나 그리고리예브나 븨호베츠
Екатерина Григорьевна Быховец

[그림 15] 예카테리나 그리고리예브나 븨호베츠

    레르몬토프의 삶에서 마지막 뮤즈는 그의 먼 친척인 예카테리나 그리고리예브나 븨호베츠(Екатерина Григорьевна Быховец)이다. 아마도 그는 1838년부터 1841년 사이에 아주머니(М.Е. Быховец)의 집에서 그녀를 처음 만났다. 그녀는 거무스름한 얼굴에 갈색 눈을 가지고 있었다. 븨호베츠는 레르몬토프가 자신을 진정으로 사랑하는 것이 아니라, 다만 그녀의 외모가 시인이 평생 동안 진정으로 사랑하는 연인 바르바라 로푸히나와 너무나 닮았고, 그녀가 시인과 함께 할 때 항상 진정성 있는 태도와 사랑스러운 마음으로 사려 깊게 대하는 것을 그가 좋아한 다는 사실을 잘 알고 있었다. 예카테리나 븨호베츠는 진심으로 시인을 동정했고 그에게 헌신했다. 그녀의 외모는 시인에게 젊은 시절의 연인 바르바라 로푸히나를 너무나 선명하게 상기시켜 주었는데, 그런 이유 때문에 레르몬토프는 시 «아니오, 나는 당신을 그렇게 열렬히 사랑하 지 않아요…(Нет, не тебя так пылко я люблю…)»를 썼고 그녀에게 이 시를 헌정했다. 그는 시에서 '그녀의 모습 속에서 자신이 사랑했던 다 른 연인의 모습을 찾으려고 노력하고 있다'고 솔직하게 고백을 하면서 그 자신이 '그녀를 그렇게 열정적으로 사랑하지는 않는다'고 말하고 있다. 그러나 이 시기에 그에게는 현명한 조언자와 참을성 있게 자신 의 옛 연인과의 사랑 이야기를 들어주는 사람이 필요했는데, 예카테리 나 븨호베츠가 이 역할을 충실히 수행해 주었다. 즉 그녀는 시인의 가장 소중하고 사랑스러웠던 연인인 바르바라 로푸히나에 대한 시인 의 회상을 주의 깊게 경청해 주었다. 따라서 븨호베츠와 레르몬토프 사이의 개인적인 관계는 지금까지의 애정의 관계와는 전혀 다르다고 말할 수 있다. 당시 레르몬토프의 지인들 중에서도 븨호베츠를 매우 진지하게 사랑하고 흠모하는 숭배자들이 많이 있었다. 그럼에도 불구 하고 븨호베츠는 시인에게 애정을 가지고 배려하는 태도를 보여 주었 으며, 그녀는 레르몬토프의 마지막 생과 관련된 소중한 기록들을 자신 의 회고록에 기록해 두었다: '레르몬토프가 춤추는 것을 좋아하지는 않았지만, 그런 분위기를 매우 즐거워했으며, 그가 자신과 함께 할 때 언제나 진정성 있게 응대했지만 거의 항상 우울한 기분이었다.' 아 마도 이러한 모습은 시인이 자신의 임박한 죽음에 대해서 예감한 것일 수 있다. 레르몬토프는 27세의 나이에 이미 '그의 약한 영혼이 겪었던 모든 고통으로 인해 소진된 채' 자신의 운명을 시험하기로 했다. 그는 죽는 것을 두려워하지 않았고 그에게는 죽음이 바람직한 것 같아 보였다. 예카테리나 븨호베츠는 자신의 회고록에서 이렇게 기술하고 있다: '우리는 아침에 담소를 나누었고, 그 후 레르몬토프와 몇몇 친구들이 함께 카르라스(Каррас)로 피크닉에 갔었다.' 그녀는 결투 당일에도 그와 함께 시간을 보냈고, 위대한 시인의 마지막 순간을 직접 목격했다.

한편 오데사 신문은 이 날의 단상을 '1841년 7월 15일 오후 5시에 천둥과 번개와 함께 강한 폭풍이 발생했다'고 기록하고 있다. 바로 이때 레르몬토프는 베슈타우(Бештау)와 마슈크(Машук) 산맥 사이에서 벌어진 사관학교 동창인 마르틔노프(Н.С. Мартынов)와의 결투에서 죽음을 맞이하게 되는데, 마르틔노프의 리볼버 권총에서 발사된 총알이 시인의 심장을 관통하여 결국 사망하게 된다. 이 결투의 원인 중 하나는 레르몬토프가 자신의 친구인 마르틔노프와 그의 여동생 나탈리야 솔로모노브나(Наталья Соломоновна)에 대한 조롱에 기인한 것으로 레르몬토프는 자신의 대표적인 중편 소설인 《우리 시대의 영웅(Герой нашего времени)》에서 그들을 희화화해서 묘사했기 때문이다. 이 소설에서 그는 마치 자신의 운명을 예측한 것처럼 보인다.

Нет, не тебя так пылко я люблю

Нет, не тебя так пылко я люблю,
Не для меня красы твоей блистанье:
Люблю в тебе я прошлое страданье
И молодость погибшую мою.

Когда порой я на тебя смотрю,
В твои глаза вникая долгим взором:
Таинственным я занят разговором,
Но не с тобой я сердцем говорю.

Я говорю с подругой юных дней,
В твоих чертах ищу черты другие,
В устах живых уста давно немые,
В глазах огонь угаснувших очей.

⟨1841⟩

아니요,
나는 당신을 그렇게 열정적으로 사랑하진 않아요

아니요, 나는 당신을 그렇게 열정적으로 사랑하진 않아요,
당신의 아름다움의 화려함은 나를 위한 것이 아니에요:
나는 당신에게 내재된 과거의 고통과
나의 파탄 난 젊음을 사랑하지요.

내가 가끔씩 당신을 바라볼 때면,
그윽한 눈길로 당신의 눈을 오랫동안 주시하지요:
나는 비밀스런 대화로 바쁘지만,
나는 당신과 마음으로 말하고 있지는 않아요.

나는 젊은 시절의 여자 친구와 이야기를 하지요,
나는 당신의 외모에서 다른 이의 모습을 찾고 있어요,
생기 있는 입술에서 아무런 말도 않는 입술은 오랜만이에요,
두 눈에는 사그라져 가는 눈동자의 불꽃이 있어요.

〈1841〉

레르몬토프의 시 «아니오, 당신을 그렇게 열렬히 사랑하진 않아요...
(Нет, не тебя так пылко я люблю...)»(1841)는 시인이 카프카스의 근무지
로 복귀하는 여정에서 만났던 아가씨 븨호베츠에게 헌정한 시로 그는
이 시를 통해서 자신의 진솔한 마음을 고백하고 있습니다. 이 시는
순수한 사랑의 서정시에 속합니다. 이 시는 매우 슬프고 비극적인 분위
기가 가득합니다. 동시대인들은 븨호베츠(Е. Быховец)가 로푸히나와
외모와 성격 등 모든 면에서 매우 닮았다고 기록하고 있습니다. 레르몬
토프는 그녀에게서 자신의 옛 연인 바르바라 로푸히나의 젊은 시절의
이미지를 보았고, 그래서 그녀에게 더욱 더 진솔한 대화를 나누기로
결정했습니다. 젊은 아가씨의 눈부신 아름다움을 인식한 시인은 자신
의 마음이 다른 연인에게 아직도 여전히 남겨져있다는 사실을 고백하
며 절규합니다. 그는 자신의 젊음과 꿈이 오래 전에 사멸되어 없어졌다
고 생각했지만, 새로운 젊은 여성을 만났을 때 일시적인 부활이 일어남
을 경험하게 됩니다. 레르몬토프는 븨호베츠와 함께 시간을 보내고
대화를 나누면서 조차도 사랑했던 옛 연인에 대한 기억과 추억을 제거
할 수 없었습니다. 시인은 두 아가씨의 외형적 유사성으로 인해 예전
의 연인인 로푸히나에 대한 자신의 마음 속 이미지와 '비밀스런 대화
(таинственный разговор)'를 나눈다는 사실을 고백합니다. 이 시에서 레
르몬토프는 과거의 시간에서만 사랑하는 옛 연인에 대해서 언급합니
다. 또한 그는 '입술... 아무런 말도 않는(уста... немые)', '사그라져 가는

눈동자(угаснувшие очи)'와 같은 표현의 도움을 받아 그녀의 이미지를 구체적으로 묘사하고 있는데, 이를 통해서 시인은 자신의 사랑을 가슴 속에 영원히 묻었다는 것을 강조하고 있습니다. 그는 카프카스로의 복귀가 죽음에 관한 의식적인 탐색이라고 생각하고 있었기 때문에 여전히 삶과 연결되는 모든 것들과의 작별 인사를 나눕니다. 레르몬토프의 많은 시들은 자신의 죽음에 대한 예언을 함축하고 있습니다. 시 «아니오, 당신을 그렇게 열렬히 사랑하진 않아요…»도 역시 그런 작품들 중 하나입니다.

[그림 16] 결투 장면

[그림 17] 결투 당사자 니콜라이 마르틱노프와 미하일 레르몬토프

제II부

지인 및 다른 여성들에게
헌정한 시

레르몬토프는 사랑하는 연인 이외의 다른 지인 여성들에게도 시를 헌정하였는데, 여기에서는 대표적인 몇몇 작품을 살펴 볼 것이다. 시인은 자신을 알아주거나 인정해 준 여성들에게는 물론, 자신이 만났던 여성들의 탁월한 재능이나 혹은 그들이 베푼 따뜻하고 아름다운 배려의 마음에 감동한 이들에게도 시를 헌정하곤 하였다. 이를 테면 알렉산드라 표도로브나 황후의 시종 궁녀이자 가수인 프라스코비야 아르세니에브나 바르테뇨바(Прасковья Арсеньевна Бартенёва)의 노래를 듣고 그녀의 매혹적인 목소리에 영감을 받아 쓴 시 «그녀가 노래하자 소리들이 사라지네요...(Она поёт – и звуки тают...)»를 그녀에게 바쳤고, 동시대 페테르부르크의 사교계에서 우아한 기품과 재치 있는 말솜씨로 명망이 높았던 귀부인 알렉산드라 키릴로브나 보론초바–다쉬코바 (Александра Кирилловна Воронцова-Дашкова) 백작부인에게도 시 «초상화에 부쳐(К портрету)»를 헌정하였다. 또한 여성들의 이름을 직접 제목으로 한 시작품을 창작하기도 하였는데, 이를 테면 결혼 전에 두 명의 황후들을 보좌하는 궁중 시녀로 근무하면서 뛰어난 재능과 고상한 취향으로 황실의 사랑을 받았던 알렉산드라 스미르노바–로셋 (Александра Смирнова-Россет)에게 그녀의 이름을 거명한 시 «스미르노바에게(А.О. Смирновой)»를 헌정하였다. 그녀는 매우 지적이고 아름다웠으며, 동시대 유명한 시인 및 작가들과 우호적인 관계를 유지하면서 문학 살롱의 활동에도 적극 참여하였다.

레르몬토프는 자신의 친구이자 시인인 코즐로프의 사촌 여동생 안나 그리고리예브나 호무토바(Анна Григорьевна Хомутова)와의 안타까운 사연과 우정에서 영감을 받아 시 «호무토바에게(Хомутовой)»를 창작하였다. 코즐로프는 어린 시절에 친하게 지냈던 사촌 동생 호무토바와 헤어진 후에 심하게 병을 앓게 되었고, 그 결과 그가 장님이 된 이후로도 20여 년의 세월이 더 지나서야 그녀와 다시 만나게 되었다. 어린 시절을 함께 지냈던 사촌 여동생과의 이 뜻밖의 만남이 코즐로프의 영감을 자극하여 시 «길고 긴 이별 후에 온 내 봄의 친구에게(Другу весны моей после долгой, долгой разлуки)»(1838)를 쓰게 되었고, 두 사람의 개인적인 슬픈 상황과 코즐로프가 쓴 시에 감동을 받은 레르몬토프는 시 «호무토바에게(Хомутовой)»를 창작하여 그녀에게 바쳤다. 레르몬토프는 죽기 몇 달 전인 1841년 봄에 일찍부터 자신의 재능을 인정해주고 시인으로서의 자신의 특별한 성향을 포용해준 백작 부인 예브도키야 로스토프치나(Евдокия Ростопчина)에게 시 «백작부인 로스토프치나에게(Графине Ростопчиной)»를 헌정하였다.

레르몬토프는 어린 유아기에 자신의 어머니가 불러주었던 자장가의 추억을 모티브로 쓴 시 «천사(Ангел)»(1831)을 발표하였으며, 1840년 프랑스 대사의 아들 에르네스트 드 바란트(Эрнест де Барант)와 결투를 벌인 사건으로 체포되어 군사재판소의 감옥에서 몇 달 동안을 갇혀 지내면서 감방의 작은 창문을 통해서 우연히 보게 된 아가씨와의 상상 속의 사랑을 소재로 하여 «이웃 여자(Соседка)»라는 시를 창작하기도 하였다. 또한 레르몬토프는 프랑스 시인 카르(A. Kapp)의 시 «사랑에 빠진 고인(Влюбленный мертвец)»에서 영감을 받아 환상적인 슈젯의 시 «망자의 사랑(Любовь мертвеца)»을 창작하였다.

Женщины, которым
поэт посвящал стихи

[그림 18] 레르몬토프가 시를 헌정한 여성들

Она поёт, и звуки тают

Она поёт — и звуки тают,
Как поцелуи на устах,
Глядит — и небеса играют
В ее божественных глазах;

Идет ли — все ее движенья,
Иль молвит слово — все черты
Так полны чувства, выраженья,
Так полны дивной простоты.

〈1838〉

그녀가 노래하자, 소리들이 사라지네요

그녀가 노래하자 ― 소리들이 사라지네요,
입술에 하는 입맞춤들처럼,
그녀가 바라보자 ― 그녀의 아름다운 눈길에서
하늘도 놀고 있네요;

그녀의 모든 움직임들이 ― 잘 어울리나요,
아니면 단어가 ― 모든 특징들을 말하고 있나요
그렇게 감정과 표현들로 가득하고,
그렇게 놀라운 단순함으로 충만하게요.

〈1838〉

레르몬토프는 1838년에 시 «그녀가 노래하자 소리들이 사라지네요...(Она поёт – и звуки тают...)»를 썼는데, 시의 마지막 2행은 시인이 1832년에 로푸히나에게 바친 시 «그녀는 고상한 아름다움으로가 아니라(Она не гордой красотою)»에서 그대로 발췌한 것입니다. 1859년에 잡지 «서지학 노트(Библиографические записки)»에 처음으로 이 시가 게재되어 세상에 알려지게 되었습니다.

공감각적인 이미지가 돋보이는 사랑스러운 이 시는 알렉산드라 표도로브나(А. Фёдоровна) 황후의 시종 궁녀이자 가수인 프라스코비야 아르세니예브나 바르테뇨바(Прасковья Арсеньевна Бартенёва)에게 헌정된 작품입니다. 동시대에 활동했던 다른 시인들도 그녀의 매혹적인 목소리에 대해서 찬미의 글을 많이 썼습니다. 예를 들어 예브도키야 로스토프틴(Е.П. Ростопчин)은 시 «여가수(Певица)»(1831)를 통해서 프라스코비야 아르세니예브나의 재능에 대해서 찬양하였습니다. 로스토프틴의 시에서도 «그녀가 노래한다...(Она поёт...)»라는 구절이 5연의 각각의 첫 행에서 매번 반복되는 어두중첩법이 사용되었습니다. 아마도 이 구절이 레르몬토프로 하여금 바르테뇨바를 기리는 자신만의 송시를 창작하도록 영감을 제공한 것 같습니다.

그렇지만 레르몬토프의 시는 자신의 동시대인들, 특히 위대한 낭만주의 시인 쥬코프스키(В.А. Жуковский)의 시어처럼 가수의 재능에 대해서 가장 감동적인 어휘로 칭송하면서도 황홀한 분위기를 창출하는 열정적인 칭찬의 표현들과는 결코 유사하지 않습니다. 즉 레르몬토프의 시 «그녀가 노래하자 소리들이 사라지네요...»는 시를 적어 놓는 앨범이나, 다양한 의미를 담고 있는 사랑의 메시지 또는 자필 원고를 위한 시라는 사실을 상기시켜 주고 있습니다.

이 시는 3인칭으로 씌어졌으며 각각 4행으로 이루어진 2연의 시로 매우 짧지만, 시에서 사용된 어휘들을 통해서 청각과 시각의 감각적인 이미지가 다양하면서도 선명하게 자리하고 있습니다. 또한 화려한 무도회장의 무거운 벨벳 커튼 뒤에 숨어 유명한 여가수의 공연을 지켜보면서 홀로 서 있는 신비한 추종자로서 시인의 모습을 상상하는 것도 어렵지 않습니다.

시인은 이 놀라운 노래를 들려주는 여가수의 입술에 관심을 집중하고 있습니다:

'그녀가 노래하자 – 소리들이 사라지네요.(Она поёт – и звуки тают)
입술에 하는 입맞춤들처럼...(Как поцелуи на устах...)'

만일 주위의 모든 사람들이 그녀의 노래 소리의 음조의 변화에 크게 귀 기울여 듣지 않는다 할지라도 단어의 감정가로서 시인은 새로운 구절을 창작하기 위해 현장에서 울려 퍼지고 있는 노래 소리의 음조가 어떻게 변화하고, 어떻게 사라지는가에 대해서 온 신경을 집중하여 관찰할 것입니다. 그러한 관찰의 결과는 에로틱한 환상으로 가득한 새로운 이미지의 연상으로 승화됩니다. 시인은 울려 퍼지는 노래 소리를 열정적인 키스 소리와 비교하면서 여가수의 아름다운 목소리가 가져다 준 감흥 보다 훨씬 더 흥분한 상태에 빠져 있습니다. 이러한 비유는 시인이 묘사하고 있는 대상인 여가수의 노래하는 재능에 대한 찬사로 연결될 뿐만 아니라 표현력 가득한 형용어구로 이러한 감정을 제시하고 있습니다. 시인은 여가수의 눈을 묘사하면서 다음과 같이 묘사하고 있습니다:

'그녀가 바라보자 - 하늘도 놀고 있네요(Глядит - и небеса играют)
그녀의 아름다운 눈길에서...(В её божественных глазах...)'

시인은 또한 여주인공의 이미지를 다음과 같이 완결합니다:

'그녀의 모든 움직임들이 ― 잘 어울리나요(Идёт ли - все её движенья),
아니면 단어가 - 모든 특징들을 말하고 있나요(Иль молвит слово - все черты)
그렇게 감정과 표현들로 가득하고(Так полны чувства, выраженья),
그렇게 놀라운 단순함으로 충만하게요(Так полны дивной простоты).'

시인은 시의 대상인 여가수를 보다 잘 표현하기 위해 어떠한 진부한 형용어구도 사용하고 있지 않습니다. 반대로 그는 순간적으로 여주인공의 아름다운 노래와 시선, 몸의 움직임의 효과를 창조하는 동사들의 사용을 통해서 역동적인 상황을 보여주고 있습니다. 마지막 행들에서 어두중첩법 '그렇게 가득한(Так полны)'의 사용은 마치 등장인물의 외모에 대한 세부 정보를 모아서 전체적이고 최종적인 이미지를 완성하고 있습니다. 물론 여성들은 누구나 자신에 대한 사랑스러움과 감탄으로 가득 찬 이러한 시행들을 읽기를 원할 것입니다. 이 작품은 예술로서의 시가 얼마나 신선하게 들릴 수 있는지를 분명하게 보여주고 있습니다.

[그림 19] 알렉산드라 키릴로브나 보론초바–다슈코바 초상화

К портрету

Как мальчик кудрявый, резва,
Нарядна, как бабочка летом;
Значенья пустого слова
В устах ее полны приветом.

Ей нравиться долго нельзя:
Как цепь ей несносна привычка,
Она ускользнет, как змея,
Порхнет и умчится, как птичка.

Таит молодое чело
По воле — и радость и горе.
В глазах — как на небе светло,
В душе ее темно, как в море!

То истиной дышит в ней всё,
То всё в ней притворно и ложно!
Понять невозможно ее,
Зато не любить невозможно.

〈1840〉

초상화에 부쳐

곱슬머리 소년처럼 기민하고,
여름에 나비처럼 화려하다;
공허한 말의 의미들이
인사인 듯 그녀의 입술에 가득하다.

그녀는 오랫동안 좋아해서는 안 된다:
그녀에게 습관은 족쇄처럼 불쾌한 것이다,
그녀는 뱀처럼 미끄러져 빠져나가고,
새처럼 날아다니며 빠르게 질주한다.

젊은 얼굴은 기쁨도 슬픔도
마음 내키는 대로 – 감추고 있다.
두 눈에서는 – 하늘에서처럼 빛이 났고,
그녀의 영혼은 바다에서처럼 어둡다!

그녀 안의 모든 것은 진실로 숨쉬고,
그녀 안의 모든 것은 위선적이며 거짓이다!
그녀를 이해하는 것은 불가능하며,
그래서 사랑하지 않는 것도 불가능하다.

〈1840〉

　　레르몬토프는 시 «초상화에 부쳐(К портрету)»를 자신의 지인 알렉산
드라 키릴로브나 보론초바–다쉬코바(Александра Кирилловна Воронцова-
Дашкова) 백작부인에게 헌정했습니다. 동시대인들은 그녀가 우아한 기
품에 섬세한 취향을 가졌으며 매사에 재치 있고 희생정신이 매우 강한
여성이라고 기억하고 있습니다. 보론초프–다쉬코프 백작의 저택에서
는 웅장한 무도회가 자주 개최되었는데, 동시대인들에게는 이 무도회의
참석자 명단에 이름을 올리는 것이 개인적인 명예로 간주될 정도였습니
다. 작가 블라지미르 솔로구프(В.А. Соллогуб)의 회고에 따르면 황제의
가족들도 매년 겨울 경축일 중 한 날에 이 무도회에 참석하곤 했습니다.

　　레르몬토프는 1841년 2월 9일에 보론초프–다쉬코프가(家)에서 주
최한 한 무도회에 참석했습니다. 그는 얼마 전에 카프카스에서 페테르
부르크로 돌아와 휴가를 이곳 수도에서 보내면서 체류하고 있었습니
다. 이 무도회에는 페테르부르크 사교계의 약 600명의 사람들이 참석
하였습니다. 황제의 가족들도 이 무도회에 참석하였는데, 그들은 유독
레르몬토프의 참석에 주목했습니다. 그들은 레르몬토프의 무도회 방
문을 ‘무례하고 불손한(неприличным и дерзким)’ 행위로 간주했습니다.
그런 이유로 인해 무도회의 여주인인 알렉산드라 키릴로브나는 시인
을 뒷문을 통해서 자신의 집에서 내보내야만 했습니다. 그녀는 황실의
대공후 앞에서 이 유쾌하지 못한 사건에 대한 모든 책임을 감수해야만
했습니다.

시 《초상화에 부쳐》는 1840년에 잡지 《조국 수기(Отечественные записки)》에 처음 게재되었습니다. 시 《초상화에 부쳐》는 러시아에서 한 세기 동안 관심이 집중된 작품입니다. 레르몬토프의 입장에서는 이 시는 아름다운 귀부인에 대한 훌륭한 찬사이며 분명하게 존경을 표현하고 있습니다. 하지만 시의 본문에서 19세기 러시아 사교계를 대표하는 귀부인 중 한명인 서정적 여주인공은 인생에서 수많은 기쁨과 슬픔을 체험했지만 일반적인 어구를 통해 표현할 수 있는 변덕스러운 여성의 이미지로 제시되고 있습니다:

'그녀는 오랫동안 좋아해서는 안 된다
공허한 말의 의미들이 인사인 듯 그녀의 입술에 가득하다.'

이 시의 제목에서 언급하고 있는 초상화가 누구의 작품이며, 누구와 연관되는 지에 대해 러시아 연구자들이 오랫동안 고찰하였습니다. 이 초상화는 프랑스의 유명한 예술가 앙리 그레베돈(Анри Греведон)이 1840년에 제작한 석판화와 관련을 갖는 것으로 규명되었지만, 유감스럽게도 레르몬토프 작품 연구자들은 이 석판화의 실존여부에 대해서는 지금까지도 정확히 알지 못합니다. 아마도 이 초상화는 복구할 수 없을 정도로 손상된 것 같습니다.

백작부인 보론초바-다쉬코바가 레르몬토프에게만 예술적 창작의 영감을 제공한 것은 아닙니다. 그녀는 투르게네프의 장편소설 《아버지와 아들(Отцы и дети)》(1862)에서 공작부인 P.의 전형이 되었고, 그의 소설에서 실재 등장인물로 묘사 되었습니다. 또한 네크라소프도 그녀의 특징들 중 일부를 차용하여 시 《공작부인(Княгиня)》(1856)에서 러시아 귀족 여성의 전형적인 이미지로 재현하였습니다.

А.О. Смирновой

Без вас хочу сказать вам много,

При вас я слушать вас хочу;

Но молча вы глядите строго,

И я в смущении молчу.

Что ж делать?.. Речью неискусной

Занять ваш ум мне не дано...

Всё это было бы смешно,

Когда бы не было так грустно...

〈1840〉

스미르노바에게

당신 없이 많은 것을 당신에게 말하고 싶어요,

당신과 함께 나는 당신의 말을 듣고 싶어요;

그러나 당신은 말없이 준엄해 보이네요,

나는 당황해서 침묵을 지키지요.

무엇을 해야 할까요?.. 서투른 연설로는

내가 당신의 마음을 잡을 수 없지요...

이 모든 것이 우스울 거예요

그렇게 우울하지 않았을 때라면...

〈1840〉

해설과 분석
Комментария и анализ

1840년에 쓴 시 «스미르노바에게(А.О. Смирновой)»는 알렉산드라 스미르노바-로셋(Александра Смирнова-Россет)에게 헌정되었습니다. 그녀는 결혼 전에 두 명의 황후들을 보좌하는 궁중 시녀로 근무하였는데 뛰어난 지능과 기민성 및 고상한 취향으로 황실의 사랑을 받았습니다. 그녀는 아름답고 지적이고 독립적인 성격의 소유자로 그녀에게 출신 민족에 대해 물으면, 그녀는 자신의 아버지는 프랑스인, 할머니는 그루지야인, 할아버지는 프로이센인이며, 그녀는 정신적으로 러시아인이자 정교도라고 대답하곤 했습니다. 1820년 말부터 로셋(А.О. Россет)의 집에서는 동시대 가장 유명한 시인 및 작가들인 쥬코프스키(Жуковский), 푸슈킨(Пушкин), 고골(Гоголь)이 참가했던 문학 살롱 모임이 자연스럽게 개최되었습니다. 스미르노바는 이들과의 문화적인 사교 생활에 매료되었고 카람진(Карамзин)의 딸이 주최하는 살롱에도 자주 참석하였을 뿐만 아니라 자신이 직접 그러한 모임을 조직하면서 당시 저명한 시인 및 작가들과 우호적으로 지내면서 친밀한 관계를 유지했습니다.

레르몬토프는 1838년 말에 그녀와 친교를 맺었습니다. 스미르노바의 딸은 레르몬토프와 자신의 어머니 사이의 관계를 이렇게 회상하고 있습니다:

"그는 우리가 서로 알고 지내던 첫 시기에는 어머니 앞에서 매우 부끄러워했지만, 1838년 이후부터는 그가 이미 어머니에게 자신의 시를 읽어 주었고 더 이상 수줍어하지도 않았습니다."

레르몬토프의 이러한 소심한 태도는 스미르노바에게 헌정한 시 자체에서도 느껴집니다. 어느 날 아침 스미르노프가(家)를 방문한 레르몬토프는 그 집의 여주인을 만나지 못했습니다. 시인은 알렉산드라 오시포브나(Александра Осиповна)에게 헌정하는 시를 살롱의 테이블에 놓여있는 그녀의 앨범에 적어 놓았습니다. 스미르노바는 시인이 이 시를 거기에 적어 놓게 된 사연에 대해서 이렇게 회상하고 있습니다:

> "소피 카람지나(Софи Карамзина)가 내게 말한 것에 따르면, 레르몬토프가 자신의 시에 대해서 내가 아무 말도 하지 않았기 때문에 기분이 상한 것 같다고 했습니다. 그 앨범은 항상 내 살롱의 작은 테이블에 놓여 있었습니다. 그가 아침에 우리 집에 와서 나를 찾지 못했고, 그는 위층으로 올라가서 내 앨범을 펴고 이 시를 거기에 적었습니다."

이 때 시인이 그녀의 앨범에 쓴 시는 현장에서 바로 창작한 즉흥적인 작품이 아닌 것으로 판명되었습니다. 왜냐하면 문학 연구자들이 다른 판본에서 이 작품의 초안과 완성된 자필 원고를 찾았기 때문입니다. 이 시는 몇 가지의 판본으로 존재하며 이 중에서 '어느 것이 최초이며 최종적인 것이다'라는 확실한 판단을 규명하지 못한 상태입니다.

이 시의 텍스트는 앨범에 쓰는 찬사의 장르적 기능에 따라 수신자에 대한 칭찬으로 시작됩니다. 귀부인의 지성과 교육에 감탄하는 서정적 주인공은 자신을 '무지한 자(невежду)', 즉 진지하지만 아주 단순한 인간이라고 겸손하게 자리매김하면서 여주인과 짧은 친교라도 만들고 싶어 하는 소망을 피력합니다. 레르몬토프의 창작에서 소통의 어려움에 대한 주제에 많은 관심을 기울였는데 여기에서는 주인공을 혼란스럽게 하는 불안함과 소심함의 동기들이 우선합니다. '당신 없이(без вас)' - '당신과 함께(при вас)'라는 대립은 그 역할을 한정할 수 없는 서정적 주인공인 «나(я)»의 모순적인 욕망들을 묘사하고 있습니다. 주인공은 마치 연설자와 청취자의 마스크를 대비시키려고 의도하지만 딱히 특정한 마스크를 선택하지는 않습니다. '말없이(молча)'와 '말하지 않고 (молчу)'라는 두 동일 어근의 어휘 사용은 대화가 침묵보다 더 많은 일시 정지가 나타났을 때 초래되는 상황의 어색함을 강조하고 있습니다.

수사적인 질문 뒤에는 주인공이 자신의 무력함을 고백하는 일반화가 이어집니다. 즉 '서투른 연설(речь неискусная)'은 지적이고 안목 있는 상대방의 관심을 끌 수 없습니다. 마지막 2행을 구성하고 있는 경구는 언어 체계상 자유분방한 표현의 지위를 얻은 독자적인 의미를 담고 있습니다. 레르몬토프의 시 작품은 문체의 우아함과 표현력, 미묘한 감정 표현의 정확성으로 특징됩니다. 서정적 상황의 친밀한 특징이 돋보이는 이 시는 수신자의 호감을 얻어 우호적인 관계를 구축하려는 시인의 소망을 강하게 피력하고 있습니다.

Хомутовой

Слепец, страданьем вдохновенный,
Вам строки чудные писал,
И прежних лет восторг священный,
Воспоминаньем оживленный,
Он перед вами изливал.

Он вас не зрел, но ваши речи,
Как отголосок юных дней,
При первом звуке новой встречи
Его встревожили сильней.

Тогда признательную руку
В ответ на ваш приветный взор,
Навстречу радостному звуку
Он в упоении простер.

И я, поверенный случайный
Надежд и дум его живых,
Я буду дорожить, как тайной,
Печальным выраженьем их.
Я верю: годы не убили,
Изгладить даже не могли
Всё, что вы прежде возбудили
В его возвышенной груди.
Но да сойдет благословенье
На вашу жизнь за то, что вы
Хоть на единое мгновенье
Умели снять венок мученья
С его преклонной головы.

〈1838 или 1841〉

호무토바에게

고통으로 영감을 얻은 맹인이,
당신에게 멋진 몇 행의 시를 썼지요,
예전 몇 년 동안의 더 없이 소중한 기쁨이,
추억으로 되살아난 것을,
그는 당신 앞에서 토로했지요.
그는 당신을 보지 못했지만, 당신의 이야기가,
젊음 시절의 메아리 같았지요,
새로운 만남의 첫 음성이
그를 더욱 더 흥분하게 했지요.
그래서 당신의 친절한 눈길에 대한 대답으로
그는 감사를 표하는 손을,
기쁜 소리를 향해서
황홀함 속에서 내뻗었지요.

그리고 나는 그의 활기찬 희망과 생각의
우연한 대리자이지요,
나는 비밀스런 것처럼, 그 슬픈 표현들을,
소중히 할 거예요.
나는 믿어요: 세월이 소멸시키지도 않았고,
심지어 지울 수도 없었다는 것을요
당신이 예전에 일깨웠던, 모든 것들이
그의 고결한 가슴 속에 남아 있어요.
그리고 당신의 인생에
축복이 내릴 거예요,
당신이 함께 해준 한 순간이었지만
그의 늙어 노쇠한 머리에서
고통의 화환을 제거할 수 있었지요.

〈1838 or 1841〉

이 시는 1838년 또는 1841년에 창작하였으며, 시인 코즐로프(И.И. Козлов)가 어린 시절부터 사랑했던 사촌 여동생 안나 그리고리예브나 호무토바(Анна Григорьевна Хомутова)(1784–1856)에게 헌정하였습니다. 이 시 «호무토바에게(Хомутовой)»는 1844년 우크라이나 문학 선집 «1844 년 몰로딕(Молодик на 1844 г.)»의 10쪽에 제목이 없는 상태로 처음 게재되었습니다. 아마도 이 시가 창작된 시기는 레르몬토프가 호무토프(М.Г. Хомутов) 장군이 지휘한 그로드넨스크 근위 연대(1838)에서 복무했을 때로 추정됩니다.

코즐로프와 호무토바는 1812년에 서로 헤어지고 나서 코즐로프는 심하게 아팠고 그 후유증으로 장님이 되고도 오랜 시간이 지난후인 1838년에서야 다시 만남을 가졌습니다. 코즐로프는 어린 시절에 자기를 헌신적으로 사랑해 준 사촌 누이 호무토바(А.Г. Хомутова)와 긴밀한 우정을 나누었습니다. 사촌 누이 호무토바와의 이 새로운 만남이 코즐로프로 하여금 시를 쓰도록 영감과 함께 사기를 진작시켜 주었고, 그 결과로 시 «길고 긴 이별 후에 온 내 봄의 친구에게(Другу весны моей после долгой, долгой разлуки)»(1838)가 창작되었습니다.

아마도 레르몬토프는 이 시가 창작된 해에 코즐로프와 함께 호무토바를 만났고, 그녀가 코즐로프가 쓴 시를 시인에게 보여 준 것 같습니다. 코즐로프의 시는 영혼의 신선함과 감정의 천진성으로 레르몬토프를 깊이 감동시켰고, 시인이 그녀에게 원고를 가지고 가서 다시 보는 것을 허락해 줄 것을 요청합니다. 레르몬토프는 다음 날 자신의 메시지와 함께 코즐로프의 시를 그녀에게 다시 돌려주었습니다. 레르몬토프의 시에는 따뜻한 감정과 진지함이 가득하며, 그들의 순수한 감정의 힘과 불멸성에 대해 동감하고 있으며, 두 사촌이 오랜 기간 동안에 긴밀하게 공유하고 있는 우정과 두 남매가 보여준 우애의 아름다움에 대한 찬사를 명확하게 보여주고 있습니다.

Графине Ростопчиной

Я верю: под одной звездою
Мы с вами были рождены;
Мы шли дорогою одною,
Нас обманули те же сны.
Но что ж! — от цели благородной
Оторван бурею страстей,
Я позабыл в борьбе бесплодной
Преданья юности моей.
Предвидя вечную разлуку,
Боюсь я сердцу волю дать;
Боюсь предательскому звуку
Мечту напрасную вверять…

Так две волны несутся дружно

Случайной, вольною четой

В пустыне моря голубой:

Их гонит вместе ветер южный;

Но их разрознит где-нибудь

Утеса каменная грудь...

И, полны холодом привычным,

Они несут брегам различным,

Без сожаленья и любви,

Свой ропот сладостный и томный,

Свой бурный шум, свой блеск заемный

И ласки вечные свои.

〈1841〉

로스토프치나 백작부인에게

나는 믿어요: 같은 별 아래에서
나와 당신이 태어난 것을요;
우리는 같은 길을 따라 걸었지요,
그런 꿈들이 우리를 속였어요.
그러나 어때요! — 고결한 목표로 인해
열정의 폭풍이 찢겨졌고,
나는 무익한 투쟁에서
내 젊음의 전설들을 잊어버렸지요.
나는 영원한 이별을 예견하면서,
마음에 자유를 주는 것을 두려워하지요;
나는 헛된 꿈을 위임하는
믿을 수 없는 소리를 두려워해요...

그렇게 두 개의 파도가
우연히도, 자유로운 한 쌍으로써
푸른 바다의 광야에서 사이좋게 질주했지요:
남풍이 그들을 함께 몰고 갔지요;
그러나 절벽의 무정한 가슴이
어딘가에서 그들을 갈라놓을 거예요...
그리고 익숙한 냉기로 가득 차겠지요,
그들은 다양한 해변으로 날아 갈 거예요.
동정도 사랑도 없이요,
자체의 불평은 달콤하고 아련하겠지요,
자체의 폭풍우 같은 소음, 자체의 차용한 광택과
자체의 영원한 호의도요.

〈1841〉

해설과 분석
Комментария и анализ

레르몬토프가 생의 마지막 해에 쓴 시 «로스토프치나 백작부인에게 (Графине Ростопчиной)»의 헌정의 대상자인 예브도키야 로스토프치나 (Евдокия Ростопчина) 백작부인은 상류 사회의 사교계에서 특별한 위치를 차지하고 있었습니다. 특히 시 작법에 대한 조예가 깊었던 그녀는 레르몬토프의 재능을 일찍부터 인정해 주었을 뿐만 아니라, 시인의 특별한 천성을 이해하고 포용해준 소수의 동시대인들 중 한 사람이었습니다. 이 시는 1841년 봄에 발표되었습니다. 레르몬토프는 카프카스로 떠나기 직전에 시가 적혀 있는 자신의 시작 노트를 한 친구에게 증정했습니다.

이 시의 1연은 서정적 주인공인 «나(я)»의 감정에 바쳐졌습니다. 주인공은 '영원한 이별(вечной разлуки)'이라는 가혹한 운명에 처한 상태에서 여자 친구의 예민한 마음에 자신의 마음을 분명하게 표현해야 할 필요성을 느낍니다. 시인은 시적 주인공들의 세계관의 동일성을 강조하는 호칭 «우리(мы)»라는 표현으로 두 사람의 친밀한 의미적 결합을 보여주고 있으며, 동일한 어근과 의미인 '같은(одной)' – '같은(одною)' – '그와 같은(те же)'과 같은 어두중첩법의 사용을 통해서 두 사람의 결합과 그들 사이의 동질성을 강화하고 있습니다.

주인공은 젊은 시절에 청춘들을 한 쌍의 연인으로 결합시켜 주는 고결한 이상들에 대해서 한동안 '잊어버렸다(позабыл)'고 고백합니다. 시행에 내재되어 있는 모순들이 서정적 주체인 «나(я)»의 영혼을 괴롭게 합니다. 즉, 말하고자 하는 욕망이 두려움과 함께 동반되는데 어두 중첩법인 '나는 두렵다(боюсь)'라는 표현을 통해서 강조되고 있습니다.

2연에서는 활짝 펼쳐진 바다 풍경이 묘사되고 시인은 자연의 전경을 주인공의 마음 상태와 비교하고 있습니다. 서정적인 서술은 목가적이고 일반화된 철학의 형태를 통해서 동시에 두 가지 대상으로 보여 지고 있는데, '두 개의 파도(Две волны)'는 '자유로운 한 쌍(вольной четы)'의 운명을 상징합니다. 이를테면 자유로운 파도의 '우연한(случайный)' 결합이 결국에는 이별로 끝이 나는데, 이 이별은 '동정도 사랑도 없이 (без сожаленья и любви)' 진행됩니다. 파도와 절벽에 대한 묘사에서 보여 지는 의인화는 '바다의 광야(пустыня моря)'와 생명의 광야가 동일시 되는 비유법을 형성하고 있습니다.

시의 전반부에서 반복되는 '같은(одна)'과는 달리, 마지막 행들에서는 어두중첩법으로 '자체의(свои)'라는 대립되는 내용의 어휘가 3회에 걸쳐 반복적으로 제시되고 있습니다. 동질성을 나타내는 어휘인 «우리 (мы)»는 운명의 다양성을 깨닫고서 이별과 죽음조차도 두려워하지 않습니다. 인생을 살면서 경험하게 되는 폭풍우의 모순적인 매혹에 대해서는 한정어 형용사 '달콤한(сладостный)', '애틋한(томный)', '폭풍우의 (бурный)'와 명사 어휘 '광채(блеск)'의 사용을 통해서 입증하고 있습니다. '영원한(вечные)'이라는 형용어구는 존재의 무한성을 암시하고 있습니다.

Ангел

По небу полуночи ангел летел,
И тихую песню он пел,
И месяц, и звезды, и тучи толпой
Внимали той песне святой.

Он пел о блаженстве безгрешных духов
Под кущами райских садов,
О Боге великом он пел, и хвала
Его непритворна была.

Он душу младую в объятиях нес
Для мира печали и слез;
И звук его песни в душе молодой
Остался — без слов, но живой.

И долго на свете томилась она,
Желанием чудным полна,
И звуков небес заменить не могли
Ей скучные песни земли.

〈1831〉

천사

한 밤중에 천사가 하늘을 따라 날았고,
그 천사는 평온한 노래를 불렀지요,
달도, 별들도, 그리고 먹구름도 무리지어
성스러운 노래에 귀를 기울였지요.

천사는 천국 정원의 나뭇잎 아래에서
죄 없는 영혼의 행복에 대해 노래했지요
천사는 위대한 신에 대해 노래했고,
천사의 찬양은 가식이 없었지요.

천사는 슬픔과 눈물의 세상을 위해서
어린 영혼을 가슴에 안고 갔지요;
젊은 영혼 속에 천사의 노래 소리가
남아 있었는데 ― 가사는 없지만, 선명하였지요.

영혼이 신비로운 희망으로 충만하기를,
세상에서 오랫동안 갈망했지요,
지상의 지루한 노래들이 영혼에게
하늘의 소리들을 대신할 수는 없었지요.

〈1831〉

해설과 분석
Комментария и анализ

　시 «천사(Ангел)»(1831)는 레르몬토프의 초기 창작 시기와 관련이 있는데, 시인은 이 작품을 자신의 어머니가 어린 시절에 불러주었던 평온하고 애잔한 자장가에 기반을 두고 창작하였습니다. 이것은 시인 자신이 직접 인쇄를 해서 전한 청년 시절의 유일한 작품입니다.

　이 시는 시인이 이상주의적 관념의 권위에 완전히 빠져 있을 때 창작한 작품으로 그가 아직 삶에 경멸을 야기하는 가혹하고 무자비한 세상을 직접적으로 경험하지 않았던 시기에 쓴 시입니다. 따라서 레르몬토프의 다른 시작품들에서 보여 지는 강렬한 외로움과 악마적인 테마의 모티브와는 매우 거리가 먼 초기 작품입니다. 이 시에 반영된 그의 감정은 매우 순수하고 숭고합니다.

　작품의 중심 이미지는 천사가 하늘을 따라 날아다니면서 '평온한 노래(тихую песню)'를 부르고 있는 환상적인 장면입니다. 천사의 이 신성한 노래 소리가 모든 자연의 관심을 집중시키고 있으며, 노래의 가사는 하나님과 천상의 삶을 찬양합니다. 그는 아기에게 천상의 삶을 일깨워주기 위해 어린 영혼을 항상 동반하고 다닙니다. 아무런 죄도 없이 순진무구한 어린 영혼은 천사의 노래를 들으면서 자신의 기억 속에 그 노래를 영원히 보존합니다. 천사가 '슬픔과 눈물의 세계(мир печали и слез)'에 죄 없는 영혼을 홀로 남겨두는 것이 안타까운 현실이기 때문에 그는 노래를 통해서 더 좋은 세상에서의 미래의 부활에 대한 희망을 영혼에게 전달합니다.

시인은 천사가 부르는 노래 가사의 내용은 그다지 중요한 것이 아니라고 여기면서 인간의 삶을 영혼의 끝없는 갈망과 비교하고 있습니다. 어린 아이의 순수한 영혼은 오직 천사의 노래 소리로만 따뜻해질 수 있으며 '지상의 지루한 노래(Скучные песни земли)'는 결코 '천국의 소리(звуки Небес)'를 대체할 수 없습니다. 이와 같이 시학적으로 대비되는 아름다운 노래의 비교는 모든 사람들에게 영적인 가치가 가장 중요하다는 것을 의미합니다.

시 작품은 매우 평이하고 접근하기 쉬운 언어로 씌어졌으며 시행의 시작 부분에서 접속사 '그리고(и)'를 여러 차례에 걸쳐서 사용한 것은 성서의 장엄함을 전달하기 위한 수사적 기법입니다. 레르몬토프는 시 《천사(Ангел)》에서 어떤 상징으로써 종교적 이미지를 사용하고 있지는 않습니다. 따라서 이 시에는 비밀스런 종교적 의미나 숨겨진 암시 같은 것은 처음부터 존재하지 않았습니다. 작품의 주제는 정교의 교리의 범주를 벗어나지도 않습니다. 이 작품은 실제로 시인의 어린 시절의 소중한 추억에서 영감을 얻은 청년의 순진한 믿음을 자신의 시를 통해서 승화시켜 표현한 것입니다. 이 시에서 천사는 어린 영혼을 가진 아이가 고통과 슬픔으로 가득한 세상에서 독립적인 삶을 살도록 내보내기에 앞서 아기에게 자장가를 불러주는 사랑하는 어머니를 연상시키고 있습니다.

Соседка

Не дождаться мне, видно, свободы,
А тюремные дни будто годы;
И окно высоко над землей!
И у двери стоит часовой!

Умереть бы уж мне в этой клетке,
Кабы не было милой соседки!..
Мы проснулись сегодня с зарей,
Я кивнул ей слегка головой.

Разлучив, нас сдружила неволя,
Познакомила общая доля,
Породнило желанье одно
Да с двойною решеткой окно;

У окна лишь поутру я сяду,
Волю дам ненасытному взгляду...
Вот напротив окошечко: стук!
Занавеска подымется вдруг.

На меня посмотрела плутовка!
Опустилась на ручку головка,
А с плеча, будто сдул ветерок,
Полосатый скатился платок,

Но бледна ее грудь молодая,
И сидит она, долго вздыхая,
Видно, буйную думу тая,
Все тоскует по воле, как я.

Не грусти, дорогая соседка…
Захоти лишь — отворится клетка,
И, как божии птички, вдвоем
Мы в широкое поле порхнем.

У отца ты ключи мне украдешь,
Сторожей за пирушку усадишь,
А уж с тем, что поставлен к дверям,
Постараюсь я справиться сам.

Избери только ночь потемнее,
Да отцу дай вина похмельнее,
Да повесь, чтобы ведать я мог,
На окно полосатый платок.

⟨1840⟩

이웃 여자

나는 자유를 기다릴 수 없을 것 같아요
감옥에서 보낸 날들이 몇 년 같아요;
지상에는 높은 창문이 있고요!
문 앞에는 보초가 서 있어요!

나는 이미 이 새장에서 죽었을 거예요,
만일 귀여운 이웃 여자가 없었다면요!..
우리는 오늘 새벽 여명과 함께 일어났어요
나는 가볍게 머리 숙여 그녀에게 인사했지요.

속박이 우리를 친하게 했지요, 헤어지고 나서,
공동의 운명을 알게 되었고요,
하나의 희망이 친밀하게 만들었어도
이중의 격자가 달린 창이 있었지요.

나는 아침마다 창문 옆에 앉아서,
탐욕스런 시선에게 자유를 줄 거예요...
여기 건너편에 작은 창이 있어요: 똑-똑!
갑자기 커튼이 올라가지요.

깜찍한 여자가 나를 쳐다보고 있다니!
머리의 수건이 팔까지 늘어졌는데,
마치 바람에 날리듯이, 어깨로부터,
줄무늬 수건이 미끄러져 내렸지요,

하지만 그녀의 젊은 가슴이 흐려지더니,
그녀는 앉아서, 오랫동안 한숨을 쉬며,
아마도 사나운 생각을 삭이면서,
나처럼 마음 내키는 대로 모든 것을 그리워하고 있어요.

사랑하는 이웃 여자여, 슬퍼하지 말아요...
다만 나에게 들러서 — 새장을 열어주세요,
그리고 하느님의 새들처럼, 둘이서 함께
우리는 넓은 들판에서 자유롭게 날아다녀요.

당신은 아버지에게서 내 방 열쇠를 훔칠 거예요,
당신은 파수꾼을 작은 연회에 앉게 할 거구요,
그런 다음 문에다 뭔가를 넣어 놓으면
내 스스로 처리하기 위해 노력할게요.

다만 칠흑 같이 어두운 밤을 선택하세요,
아버지에게는 더 독한 포도주를 드리세요,
그리고 내가 알 수 있도록, 창문 위에
줄무늬 스카프를 걸어 놓으세요.

〈1840〉

해설과 분석
Комментария и анализ

레르몬토프는 1840년에 감옥에 갇혀 몇 달을 지냈는데, 그 이유는 그가 프랑스 대사의 아들인 에르네스트 드 바란트(Эрнест де Барант)와 결투를 하여 군사 재판소에서 그 사건에 대해 조사를 받았기 때문입니다. 바로 이 시기에는 «이웃 여자(Соседка)»라는 시를 썼는데, 이 작품은 나중에 죄수들을 위한 일종의 찬가가 될 운명을 부여 받게 되었습니다. 시인은 이 시에서 고전적인 시작법의 전통을 무시하였을 뿐만 아니라, 자신의 선임자들의 감옥 생활의 경험에 의존하지도 않았습니다. 따라서 이 시에는 낭만주의의 전통적인 열정과 고상한 이상이 포함되어 있지 않으며, 마치 작가가 자신의 감옥 생활에 대해 친한 친구에게 말하는 것처럼 평범한 구어체 언어로 묘사되고 있습니다.

레르몬토프에게는 '감옥에 갇혀 지낸 세월이 수년(тюремные дни будто годы)'과 같이 기나 긴 시간으로 느껴졌으며, 자신이 이 수감 장소를 조만간에 곧 떠날 수 없다고 여겨졌습니다. 바로 이 시기에 그가 감옥의 작은 창문을 통해서 볼 수 있던, 유일한 아가씨인 이웃 여자가 그의 외로움에 위안을 주었고 기분을 유쾌하게 만들어 주었습니다. 시인은 그녀에 대해 묘사하면서 자신과 이 낯선 이웃여자가 우호적인 관계를 맺고 있다고 확신에 찬 어조로 이렇게 말하고 있습니다:

'우리는 오늘 새벽 여명과 함께 일어났어요(Мы проснулись сегодня с зарей),
나는 그녀에게 가볍게 머리 숙여 인사했지요(я кивнул ей слегка головой).'

시인이 죄수 생활의 상징인 '줄무늬 스카프(полосатый платок)'가 그
녀의 어깨를 장식하고 있는 사실을 인지하고서도, 실제로는 자신의
이웃 여자의 모습에 크게 주의를 기울이지 않고 있습니다. 시인은 그
녀를 "깜찍한 여자(плутовка)"라고 부르면서, 쾌활한 젊은 여성의 이미
지에 대담한 특징을 부여하는 묘사를 하고 있습니다. 그러나 이웃여자
인 아가씨도 외로움으로 고통 받고 있기 때문에 그녀의 캐릭터에서
'깜찍한'과 연관되는 이전의 어떤 행위나 흔적도 찾아 볼 수 없습니다.
따라서 시인은 그녀가 '사나운 생각을 삭이면서(буйную думу тая) / 나
처럼 마음 내키는 대로 모든 것을 그리워하고 있어요(все тоскует по
воле, как я)'라는 말로 묘사하고 있습니다. 한편 시인은 '헤어지고 나서,
속박이 우리를 친하게 했지요(разлучив, нас сроднила неволя) / 공동의
운명을 알게 되었고요(познакомила общая доля)'라고 언급하면서 이웃
여자에 대해 매우 따뜻하고 친근한 감정을 표현하고 있습니다. 레르몬
토프는 자신의 이웃 여자를 보면서 이 낯선 여성이 간수의 딸이기를
기대합니다. 시적 주인공은 그녀를 매우 친밀한 사람으로 여기는 것뿐
만 아니라, 자신이 처한 현실에서 구원을 해줄 거라는 희망을 피력하
고 있습니다. 이를 테면 그녀가 아버지에게서 열쇠를 훔치고 경비원에
게 술을 마시게 하여 죄수들을 풀어주고 나서 자신과 함께 떠나는 것을
염원하고 있습니다. 이와 같은 흥미로운 상상이 시인의 마음을 따뜻하
게 하고 그의 외로움을 즐겁게 만들어 주며 앞으로 살아갈 힘을 제공해
주고 있습니다. 이 시에서 이웃 여자의 이미지가 허구가 아니라는 사

실에 주목할 필요가 있습니다. 레르몬토프가 감옥에 갇혀 있는 동안에 그는 실제로 자신의 감방 반대편 건물의 창문에서 간수의 딸로 오인된 아가씨를 거의 매일 보았습니다. 실제로 이 낯선 이웃여자는 하사관의 딸로 감옥에 갇혀 생활하던 시인의 일상 생활에 실제적으로 관여를 했습니다.

[그림 20] 감옥에 갇힌 죄수

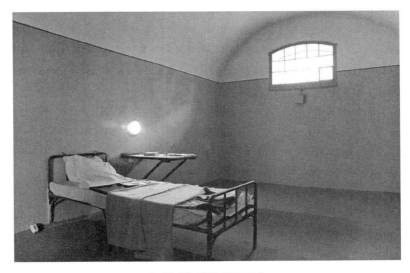

[그림 21] 감옥 내부 모습

Любовь мертвеца

Пускай холодною землею
    Засыпан я,
О друг! всегда, везде с тобою
    Душа моя.
Любви безумного томленья,
    Жилец могил,
В стране покоя и забвенья
    Я не забыл.

Без страха в час последней муки
    Покинув свет,
Отрады ждал я от разлуки —
    Разлуки нет.
Я видел прелесть бестелесных
    И тосковал,
Что образ твой в чертах небесных
    Не узнавал.

Что мне сиянье божьей власти
    И рай святой?
Я перенес земные страсти
    Туда с собой.

Ласкаю я мечту родную

    Везде одну;

Желаю, плачу и ревную

    Как в старину.

Коснется ль чуждое дыханье

    Твоих ланит,

Моя душа в немом страданье

    Вся задрожит.

Случится ль, шепчешь, засыпая,

    Ты о другом,

Твои слова текут, пылая,

    По мне огнем.

Ты не должна любить другого,

    Нет, не должна,

Ты мертвецу святыней слова

    Обручена;

Увы, твой страх, твои моленья —

    К чему оне?

Ты знаешь, мира и забвенья

    Не надо мне!

        ⟨1841⟩

망자(亡者)의 사랑

내가 차가운 흙으로
　　가득 채워지게 하세요,
오 친구여! 내 영혼이 항상,
　　어디서나 당신과 함께 하기를.
얼빠진 사랑의 고통과
　　무덤의 거주자를,
평온과 망각의 땅에서도
　　나는 잊지 않았어요.

마지막 고통의 시간에 두려움 없이
　　세상을 떠났고,
나는 이별로 인한 기쁨을 기대하였으나 ―
　　이별은 없었지요.
나는 육체 없는 이들의 아름다움을 보았고
　　그리워하였지요,
천상의 세계에서 당신의 모습을
　　알아보지 못했어요.

신의 권능의 영광과 신성한 낙원이
　　내게 무슨 의미일까요?
나는 지상의 정욕을 그 곳으로
　　자신과 함께 가져갔어요.

나는 어디서나 혼자서
　　사랑스런 꿈을 그리워하지요;
옛날에 했던 것처럼
　　바라고, 울고 질투하지요.

당신의 **뺨**에서
　　낯선 입김을 느꼈나요,
내 모든 영혼은 말할 수 없는
　　고통 속에서 떨고 있어요.
이미 일어난 건가요, 당신이 잠들면서, 다른 사람에 대해,
　　속삭이는 일이요,
당신의 말들이 울려 퍼지고, 활활 타오르는 데
　　내게는 불길 같아요.

당신은 다른 사람을 사랑해선 안 되지요,
　　아니, 절대로 안 되지요.
당신은 고인에게 말의 보배로서
　　약혼을 했지요;
아아, 당신의 두려움, 당신의 기도 ─
　　그것이 무엇을 말하는 거지요?
당신은 알고 있어요, 평화와 망각이
　　내게는 필요하지 않다는 것을요!

〈1841〉

레르몬토프는 창작을 하면서 환상적인 슈젯에 대해 꾸준히 관심을 가지고 있었는데, 시 «망자의 사랑(Любовь мертвеца)»은 이런 슈젯을 소재로 쓴 서정시의 한 예시입니다. 시인이 27세였던 1841년에 이 시를 썼는데, 이 때가 시인의 생애 마지막 해였으며 이 작품은 그의 사후에 출판되었습니다. 이 시는 시인이 지인의 앨범에서 읽었던 프랑스 시인 카르(A. Kapp)의 시 «사랑에 빠진 고인(Влюбленный мертвец)»에서 영감을 받아 쓴 작품입니다. 레르몬토프는 카르의 작품에서 기본적인 내용만을 취했을 뿐, 시에 묘사된 이미지와 연계된 낭만적인 정신과 서정적 해석은 더욱 더 거칠고 음울한 기호로서 전혀 다른 기호들을 제공하고 있습니다. 장르상으로 사랑의 서정시이며, 5연으로 구성되어 있고 운율은 교차운에 약강격으로 씌어졌습니다. 이 시의 서정적 주인공은 사랑의 열병을 앓다가 죽은 사람입니다.

엄밀한 의미에서 시의 제목 자체에 강한 모순형용법이 내포되어 있습니다. 시의 억양은 거의 공격적이고 단호합니다. 죽은 사람은 감정적으로 자신이 사랑했던 아가씨를 '친구(друг)'라고 부르며, 그 자신을 '묘지의 거주자(жилец могил)'라고 칭하고 있지만, 이것이 그들 사이의 관계에서 아무 것도 변하지 않는다는 것을 확인시켜 주고 있습니다: '항상, 어디서나 내 영혼이 당신과 함께 있습니다(всегда, везде с тобою душа моя)'. 의심할 바 없이 이 사람은 분명 지옥에 있습니다.

그래서 실제로 그는 지상의 정욕을 '잊지 않았습니다(не забыл)'. 지상에서 그 정욕을 극복할 수 없었기 때문에 그는 그것을 무덤으로 가지고 갔습니다. '마지막 고난의 시간에 두려움이 없이(Без страха в час последней муки)'와 '이별로 인한 기쁨(отрады от разлуки)'에 대한 기대, 이 모든 내용들이 그의 사랑 이야기가 순조롭게 진행되지 않았음을 증명하고 있습니다. 아마도 그녀는 그의 이러한 사랑에 대해서 응답하지 않았을 것입니다. 그렇지 않다면 아가씨는 시간이 지나면서 그에게서 멀어졌을 것입니다. 이 시행들은 그가 스스로의 삶을 자살로 마감했을 수 있음을 암시하고 있습니다. 마지막 연에서 죽은 사람은 아가씨가 그에게 성스러운 약속의 말을 했다고 주장합니다.

어떤 경우에도 죽은 사람이 자신의 정욕을 '성스러운 낙원(в рай святой)'으로 가져가는 것은 불가능합니다. 어떤 부정한 것도 낙원으로 가져가는 것이 허용되지 않기 때문입니다. '신의 권능의 영광이 내게 무엇인가(что мне сиянье Божьей власти)'라는 대담한 진술은 주인공의 거부의 표시입니다. 아마도 그는 살아 있을 때도 지나친 자긍심으로 인해 차별화 되었던 사람일 것입니다. 그는 겨우 화를 억제하면서 자신이 선택한 연인의 삶을 죽은 후에도 여전히 지켜보고 있습니다. 어느 정도의 시간이 흐른 후 망자가 사랑했던 아가씨는 친구들과 교류를 하면서 또 다른 사랑에 빠졌을 수도 있습니다. 이 시는 다음과 같은 직접적인 위협으로 끝을 맺습니다: '내게는 평화와 망각이 필요하지 않다!(мира и забвенья не надо мне!)'

그는 3월에 «망자의 사랑(Любовь мертвеца)»을 썼고, 4월에 페테르부르크를 떠나 자신이 복무하고 있던 카프카스 연대로 복귀하기 위한 여정에 올랐지만, 그곳에서 다시 돌아오지 못했습니다.

[그림 22] "망자의 사랑" 삽화

[그림 23] 레르몬토프 결투 장소 기념비

제III부

카프카스 테마의 시

러시아 시인과 작가들은 카프카스의 자연과 이국적 삶의 방식 및 전통에서 많은 영감을 받았다. 레르몬토프도 그 중의 한 명으로 어린 시절에 카프카스에서 건강을 회복하였을 뿐만 아니라, 자신의 창작 활동에 있어서 끊임없이 영감을 얻었고 또한 삶의 활력을 충전했다. 레르몬토프의 시와 산문에서 카프카스의 낭만적인 이미지, 아름다운 자연과 원주민의 관습에 대한 모티브와 설명은 매우 중요한 위치를 차지한다. 1825년 레르몬토프는 외할머니와 함께 카프카스의 체첸(Чечен) 지역 셸코자보드스크(Шелкозаводск) 마을을 처음으로 방문했다. 1830년에 그는 카프카스에 대한 사랑과 자신의 어린 시절의 사랑스러운 기억을 회상하는 시 «카프카스(Кавказ)»를 창작하였다.

레르몬토프가 여러 차례에 걸쳐 카프카스를 방문하였는데, 어린 시절의 방문은 친지 방문 및 선천성 질병인 선종양(золотуха)의 치유와 면역력 향상을 위한 치유 목적의 방문이었다. 1830년 그는 외할머니와 함께 온천으로 유명한 키슬로보드스크(Кисловодск)를 방문하여 치료와 휴양을 하면서 지냈다. 그러나 사관학교를 졸업한 이후의 방문은 어린 시절의 친지 방문 및 치료와 휴양을 위해 방문했던 것과는 달리 강제적인 것으로 1837년 푸슈킨 죽음의 진실에 대해 항의한 시 «시인의 죽음(Смерть поэта)»을 발표한 후 체포되어 아제르바이잔(Азербайджан)의 카헤티야(Кахетия) 지역으로 유배되어 그 곳에 주둔하고 있는 기병연대에 배치되면서 이루어졌다. 이곳에서의 군복무시기에 그의 카프카스 산악 민족들에 대한 시각이 크게 변화를 겪는데, 이 지역의 주민들에 대한 러시아 정부의 잔혹한 수탈과 폭력을 직접 목격하게 되었기 때문이다. 레르몬토프가 카프카스에서 복무 중에 쓰기 시작한 서사시 «견습수도사(Мцыри)»(1839)와 소설 «우리시대의 영웅(Герой нашего времени)»(1838-1840)에서는 카프카스의 아름다운 자연, 산악 민족의 이국적 관습과 전통 및 민중의 정서 등이 사실적으로 생생하게 묘사되고 있다. 또한 레르몬토프는 14세 때부터 쓰기 시작했던 서사시 «악마(Демон)»(1839)를 이곳에서 완성하였는데, 마지막 부분에서 카프카스 산악주민들의 성격에 대해 상세하게 설명하고 있다. 시인은 1840년 프랑스 대사의 아들 에르네스트 바란트와의 결투 사건으로 체포되어 카프카스 주둔 부대에 다시 배치되었다. 그는 이곳에서의 군복무 동안에 산악 민족과의 전투에서의 혁혁한 공훈을 인정받아 휴가를 얻게 되었고, 1840-1841년 겨울에 페테르부르크에서 휴가를 보내던 중 부대로 복귀하라는 명령에 따라 1841년 5월 초에 페테르부르크를 떠나 카프카스로 출발하였다. 복귀의 여정에서 들른 퍄티고르스크 근처 온천 휴양지에서 1841년 7월 15일에 마르틔노프와의 결투로 사망하면서 그의 비극적인 짧은 삶이 종결되었다.

레르몬토프의 많은 작품들이 카프카스에 헌정되었다는 사실은 놀라운 일이 아니다. 그는 카프카스에서 군복무를 하면서 그곳의 아름다운 자연과 산악 민족들의 관습 및 전통에서 영감을 받은 이국적 정취를 자신의 작품에 반영하였기 때문이다. 시인은 카프카스의 거칠지만 아름다운 야생의 자연과 산악 민족의 순수한 영혼의 아름다움을 낭만적인 발라드풍의 서정시로 승화시켜 창작하였다. 레르몬토프는 특히 자신의 창작 활동 초기의 시들을 카프카스에 많이 헌정하였는데, 14세 때

그는 푸슈킨의 작품을 강하게 모방한 서사시 «체르케스인들(Черкесы)»
(1828)과 «카프카스의 포로(Кавказский пленник)»(1828)를 썼으며, 1830년
에는 카프카스의 자연을 묘사한 시 «나의 슬픈 작업을 받아주세요, 받아
주세요...(Прими, прими мой грустный труд...)»와 «카프카스(Кавказ)»라
는 시를 통해서 카프카스에 대한 강한 애정을 진솔하게 표현하였다.
레르몬토프는 여기에서 소개하는 작품들 외에도 카프카스 산악 민족
들의 민속 설화와 관습, 전통 및 종교를 테마로 한 수많은 작품을 발표
하였다.

또한 그는 자신이 어렸을 적 취미였던 그림을 그려 전문 화가 수준
의 많은 작품들과 스케치 등을 남겼는데, 자신의 자화상과 사랑하는
연인들의 초상화는 물론 카프카스 산악과 산악인들의 삶의 현장을 소
재로 한 많은 유화 작품들과 연필 세밀화 및 스케치 등을 남기기도
하였다. 2014년 레르몬토프 탄생 200주년을 기념하여 퍄티고르스크
의 레르몬토프 기념 박물관 등에서는 시인이 그린 작품으로 전시회를
개최하며 시인을 추모하였다.

Как небеса твой взор блистает

Как небеса твой взор блистает
    Эмалью голубой,
Как поцелуй, звучит и тает
    Твой голос молодой;

За звук один волшебной речи,
    За твой единый взгляд,
Я рад отдать красавца сечи,
    Грузинский мой булат;

И он порою сладко блещет,
    И сладостней звучит,
При звуке том душа трепещет
    И в сердце кровь кипит.

Но жизнью бранной и мятежной
    Не тешусь я с тех пор,
Как услыхал твой голос нежный
    И встретил милый взор.

⟨1838⟩

당신의 시선이 창공처럼 빛나네요

푸른색의 에나멜마냥
　　당신의 시선이 창공처럼 빛나네요,
당신의 젊은 목소리가, 키스처럼
　　소리를 울리며 사라지네요.

마법 같은 연설의 하나의 소리에 대해,
　　당신의 유일한 눈길에 대해,
나는 잘생긴 남자에게 검을 전달해서 기뻐요,
　　내 그루지야 다마스크산 강철 검을요;

그 검은 때로는 달콤하게 빛을 발하고,
　　더 달콤하게 소리를 울리지요,
그 소리에 영혼이 전율하고
　　심장에서 피가 끓지요.

그러나 나는 전투적이고 반항적인 삶을 통해서
　　그 이후로는 위안을 받지 못했는데,
당신의 상냥한 목소리를 들었던 것처럼
　　사랑스런 눈길을 만났어요.

〈1838〉

레르몬토프는 프랑스 대사 아들인 에르네스트 바란트와의 결투로 인해 카프카스로 다시 유배를 가서 그 곳의 전투 부대에서 복무하던 1838년에 시 «창공처럼, 당신의 시선이 빛나네요…(Как небеса, твой взор блистает…)»를 썼습니다. 카프카스의 자연과 그곳에서 일어난 사건들, 조국으로부터 멀리 떨어진 곳에서 받았던 영감이 시인에게 이 시를 쓰도록 추동했습니다. 시인은 시의 창작과 관련된 상황이나 배경에 대한 어떤 소개도 없이 시의 주요한 내용을 처음부터 설명하기 시작합니다.

레르몬토프는 시의 첫 행부터 곧바로 '창공처럼, 당신의 시선이 빛나네요…(Как небеса, твой взор блистает…) / …키스처럼, 당신의 젊은 목소리가 울리며 사라지네요…(Как поцелуй, звучит и тает Твой голос молодой…)'와 같은 표현으로 사랑하는 연인의 눈길과 목소리를 창공과 키스에 비교하고 있습니다. 레르몬토프는 카프카스에서 지내는 동안 자신의 몸에 항상 지니고 다니면서 그 어떤 사람에게도 그 보다 더 강한 감정을 전한 적이 없었던 가장 귀중한 물건인 다마스크산(産) 강철 검보다도 이 시선과 목소리가 그에게 있어서 더 소중하다는 것을 강조하고 있습니다. 그가 자신의 다마스크산(産) 검을 얼마나 사랑하는 지와 그것이 얼마나 '달콤함(сладости)'이며 '빛남(блистания)'인지에 대해 말합니다.

시인은 더 이상 '전투적이고 반항적인(бранными и мятежными)' 일을 하지 않는다고 말하고 있습니다. 그에게 훨씬 더 새롭고 강한 열정인 사랑이 찾아왔기 때문입니다. 아마도 그는 처음으로 그렇게 강한 감정을 느꼈을 것입니다. 그렇지 않다면 그가 가장 소중하게 여기고 있던 물건을 내주지 않았을 것입니다.

시인은 이 시에서 많은 수사적 기법을 사용하고 있는데, 대구법과 비유법으로는 '창공처럼, 당신의 시선이 빛나네요(Как небеса, твой взор блистает) / 키스처럼, 소리를 울리며 사라지네요(Как поцелуй, звучит и тает) / 당신의 젊은 목소리가(Твой голос молодой)'가 있고, 형용어구로는 '시선이 빛나네요(взор блистает)', '젊은 목소리(голос молодой)', '마법 같은 연설(волшебной речи)', '유일한 눈길(единый взгляд)', '달콤하게 빛을 발하고(сладко блещет)', '달콤하게 소리를 울려요(сладостней звучит)', '전투적이고 반항적인 삶으로(жизнью бранной и мятежной)', '상냥한 목소리(голос нежный)', '사랑스런 눈길(милый взор)'을 꼽을 수 있습니다.

시인은 이처럼 짧은 시에서 자신의 모든 감정을 표현하기가 어려웠기 때문에 이와 같은 다양한 수사적 기법이 필요했습니다. 그는 수사법의 집중적인 표현 방식을 통해서 각각의 요소를 충분히 상세하게 설명하고 있습니다. 시의 운율은 약강격 교차운으로 이루어졌고 시에서 일어나는 모든 행위는 빠르게 진행되며 공상적인 내용과 원격성의 뉘앙스를 잘 전달하고 있습니다.

Кинжал

Люблю тебя, булатный мой кинжал,
Товарищ светлый и холодный.
Задумчивый грузин на месть тебя ковал,
На грозный бой точил черкес свободный.

Лилейная рука тебя мне поднесла
В знак памяти, в минуту расставанья,
И в первый раз не кровь вдоль по тебе текла,
Но светлая слеза — жемчужина страданья.

И черные глаза, остановясь на мне,
Исполнены таинственной печали,
Как сталь твоя при трепетном огне,
То вдруг тускнели, то сверкали.

Ты дан мне в спутники, любви залог немой,
И страннику в тебе пример не бесполезный:
Да, я не изменюсь и буду тверд душой,
Как ты, как ты, мой друг железный.

⟨1838⟩

단검

나는 너를 사랑한다, 나의 다마스크산 단검아,
너는 투명하고 냉정한 동지이다.
생각에 잠긴 그루지야인이 너에게 복수하기 위해 단검을 벼렸고,
자유로운 체르케스인은 무서운 전투에서 칼을 갈았다.

백합 같은 손이 이별의 순간에, 기억의 징표로
너를 나에게 선물했다,
처음에는 너를 따라 피가 흘러내리지 않았다,
하지만 밝은 눈물은 ― 고통의 진주이다.

내게 멈춰 있는 검은 두 눈동자에는,
비밀스런 슬픔으로 가득하다,
가물거리는 불길 속에서 너의 강철처럼
갑자기 빛이 흐려졌다가, 다시 번쩍거리곤 했다.

너는 내게 동반자로, 조용한 사랑의 증표로 주어졌다
그리고 너에게 방랑자는 쓸모없는 예시가 아니다:
그렇다, 너처럼, 너처럼, 강철 같은 내 친구야,
나는 배반하지 않으며, 영혼처럼 굳건할 것이다.

〈1838〉

해설과 분석
Комментария и анализ

레르몬토프는 푸슈킨을 자신의 직접적인 선임자이자 스승이라고
여기고 있었습니다. 이런 이유로 그는 자신의 많은 작품에서 위대한
시인 푸슈킨이 창작한 테마와 이미지들에 큰 관심을 기울였고, 그의
작품을 모방하는 동명의 작품을 창작하곤 했습니다. 레르몬토프가
1837년에 쓴 시 «단검(Кинжал)»도 푸슈킨의 동명의 작품을 독자들에게
상기시켜 주고 있습니다. 그러나 레르몬토프의 버전이 훨씬 더 '세속적
(земной)'이지만, 푸슈킨의 작품처럼 열렬한 시민적 호소를 담고 있지
는 않습니다. 시인이 이 시를 창작하게 된 동기는 실제로 일어난 사건
에 기인합니다. 레르몬토프가 카프카스에서 군복무를 하던 중에 차브
차바드제(Чавчавадзе) 공후의 딸들 중 한 명으로부터 단검을 이별의 선
물로 받았고 그 내용은 시 작품에서 그대로 묘사되고 있습니다.

이 시는 형식적인 면에서는 푸슈킨의 «단검(Кинжал)»과 유사하며,
서정적 주인공의 독백 역시 무서운 무기를 향하고 있습니다. 하지만
레르몬토프의 시에서 단검은 저항의 상징이 아니라, 자유를 위한 타협
할 수 없는 투쟁을 의미하고 있습니다. 단검은 유사시에 살인을 위한
무기로 만들어지는데, 시인은 단검을 벼르는 초기 과정이 '생각에 잠긴
그루지야인의(задумчивого грузина)'의 일반적인 복수와 관련이 있다고
강조하고 있습니다. 최종적으로 날카롭게 벼르는 과정을 실행한 후에
서야 이 단검을 '무서운 전투(на грозный бой)'에 지참하는 것이 허용됩
니다.

레르몬토프는 단검이 언젠가 자신의 직접적인 기능('피가... 너를 따라 흘렀다(кровь... по тебе текла)')을 수행하게 되는 것에 대해서 간접적으로 언급하고 있습니다. 이 단검은 시인이 아름다운 아가씨로부터 이별의 증표로 받은 귀중한 선물입니다. 아마도 이별은 쉽지 않았음을 추론할 수 있는데, 그것은 그의 인생에서 처음으로 눈물이 단검을 따라 흘렀기 때문입니다. 레르몬토프는 맑은 눈물을 '진주의 고통(жемчужиной страданья)'이라는 표현으로 매우 시적인 비교법을 사용하고 있습니다. 시인은 이 외에도 일련의 비교법들을 계속해서 보여주고 있습니다. 단검에서 보여 지는 강철의 반짝임은 그에게 흥분으로 인해 '빛이 흐려졌다가, 다시 반짝이는(то... тускнели, то сверкали)' 사랑하는 아가씨의 눈물 젖은 눈동자를 상기시켜 주고 있습니다. 레르몬토프에게 있어서 사랑하는 아가씨의 손에서 전해진 선물은 상징적인 의미를 갖는데, 그것은 살인을 위한 무기로서의 기능을 중단하는 것입니다. 이것은 글자 그대로 시인의 영혼의 동반자가 되며, 어떠한 조력도 받기 어려운 극단적인 상황과 시기에 단검에게 지원을 요청할 수 있습니다. 단검은 '사랑의 증표(залог любви)'이지만 이것의 유일한 단점은 서로 대화를 할 수 없다는 것입니다. 그러나 이것은 그다지 중요하지 않습니다. 단검은 그를 사랑스럽게 전송했던 아가씨에 대해서 시인에게 끊임없이 상기시켜 주고 있기 때문입니다. 이 단검은 두 영혼을 하나로 묶어주는 보이지 않는 연결고리가 됩니다.

레르몬토프는 마지막 행들에서 자신의 정신적 강건함이 단검과 유사하다고 선언합니다. 또한 시인은 사랑하는 연인에 대한 신실함에 관한 의미를 부여하면서 그 신실함은 자신의 주인에게 보여주는 단검의 충성과 동일하다고 주장하고 있습니다.

Тамара

В глубокой теснине Дарьяла,
Где роется Терек во мгле,
Старинная башня стояла,
Чернея на черной скале.

В той башне высокой и тесной
Царица Тамара жила:
Прекрасна, как ангел небесный,
Как демон, коварна и зла.

И там сквозь туман полуночи
Блистал огонек золотой,
Кидался он путнику в очи,
Манил он на отдых ночной.

И слышался голос Тамары:
Он весь был желанье и страсть,
В нем были всесильные жары,
Была непонятная власть.

На голос невидимой пери
Шел воин, купец и пастух;
Пред ним отворялися двери,
Встречал его мрачный евнух.

На мягкой пуховой постели,
В парчу и жемчуг убрана,
Ждала она гостя... Шипели
Пред нею два кубка вина.

Сплетались горячие руки,
Уста прилипали к устам,
И странные, дикие звуки
Всю ночь раздавалися там:

Как будто в ту башню пустую
Сто юношей пылких и жен
Сошлися на свадьбу ночную,
На тризну больших похорон.

Но только что утра сиянье
Кидало свой луч по горам,
Мгновенно и мрак и молчанье
Опять воцарялися там.

Лишь Терек в теснине Дарьяла,

Гремя, нарушал тишину,

Волна на волну набегала,

Волна погоняла волну.

И с плачем безгласное тело

Спешили они унести;

В окне тогда что-то белело,

Звучало оттуда: прости.

И было так нежно прощанье,

Так сладко тот голос звучал,

Как будто восторги свиданья

И ласки любви обещал.

〈1841〉

타마라

테레크 강이 어둠 속에서 파헤치고 있는,
다리알의 깊은 협곡에서,
검게 보이는 새까만 바위 위에,
오래 전부터 망루가 서 있었다네.

높고 비좁은 그 망루에서
타마라 여왕이 살았다네:
하늘의 천사처럼, 그녀는 아름다웠으나,
악마처럼, 교활하고 흉악하였다네.

그 곳의 한 밤중의 안개 사이로
황금빛 불꽃이 반짝거렸는데,
불꽃은 여행자의 눈에 달려들었고,
밤의 휴식을 하도록 손짓했다네.

그리고 타마라의 목소리가 들렸다네:
그 모든 것이 욕망과 열정이었다네.
그 안에는 전능한 열기가 있었고,
이해할 수 없는 힘이 있었다네.

보이지 않는 페리4)의 목소리에
용사이자, 상인인 한 목동이 다가왔다네.
그 목동 앞에서 문들이 열렸고,
음울한 환관이 그를 맞이했다네.

부드러운 솜털 침대에는
금실로 수놓은 비단과 진주가 장식되어 있었고,
그녀가 손님을 기다리고 있었다네... 그녀 앞에서
포도주 두 잔이 쉬-쉬 소리를 뿜어내고 있었다네.

뜨거운 손들이 서로 뒤엉켰고,
입술이 입술에 달라붙었다네,
이상하고 거친 소리들이
그 곳에서 밤새도록 울려 퍼졌다네.

마치 저 비어있는 망루에서
백 명의 열렬한 청년들과 아내들이
한 밤중의 결혼식이나,
큰 장례식의 추모연에 모여드는 것 같았다네.

---

4) 이란의 신화에 나오는 수호신으로 천국에서 추방되어 지상으로 내려와서 악마로부터
   인간을 보호했다는 선녀.

하지만 아침의 밝은 햇살이
산을 따라 자신의 빛을 던지자마자,
한 순간에 어둠과 침묵이
그 곳에 다시 깃들었다네.

다만 다리얄 협곡에 있는 테레크 강이,
으르릉 거리며, 정적을 깨뜨렸다네,
파도의 물결이 연이어 나타났고,
파도가 파도를 내몰았다네.

그들은 울음소리와 함께
소리 없는 물체를 서둘러 휩쓸어 갔다네;
그 때 창문에서 뭔가가 하얗게 보였는데
그곳으로부터 들려왔다네: 용서해라.

그렇게 사랑스런 이별이 있었다네,
그 소리가 그렇게 달콤하게 울려 퍼졌다네,
마치 만남의 환희와
사랑의 애무를 약속하는 것 같았다네.

〈1841〉

　　시 «타마라(Тамара)»는 레르몬토프의 마지막 작품 중 하나입니다. 이 작품은 시인이 1837년에 행한 카프카스로의 여행에서 듣게 된 구비 전설에서 영감을 받았고, 1841년 5월부터 7월 초에 그루지야 민중의 민속학에 근거하여 창작된 것으로 추정됩니다. 즉, 이 시는 테레크 강변의 오래된 탑에 살았던 다리야(Дарья) 황후에 대한 그루지야 민중 전설이 토대가 되었습니다. 전설에 따르면 다리야 황후는 밤에 자신의 집으로 여행자들을 유인하였고 아침에는 그들을 죽여 테레크(Терек) 강에 그 시체들을 내던져 버렸습니다. 그러나 황후 다리야의 이름은 그루지야 역사에는 존재하지 않습니다. 아마도 이 이름은 전설적인 성이 위치한 다리얄스크 협곡(Дарьяльское ущелье)의 이름이나, 17세기에 살았던 다레드쟌(Дареджан) 여왕의 이름과 외모의 결합에서 유래했을 것입니다. 레르몬토프는 카프카스에서 근무하면서 이 버전의 전설을 듣게 되었는데, 여기서 다레드쟌의 이름을 그루지야에서 인기 있는 타마라 황후의 이름으로 바꿔서 창작하게 된 것입니다. 그러나 타마라에 대한 또는 그녀에 관한 다른 언급이 있는 전설은 실제로 존재하지 않습니다. 몇몇 연구자들은 푸슈킨의 중편소설 «이집트의 밤(Египетские ночи)»에 등장하는 클레오파트라 여왕에 대한 신화가 이 시작품의 근간이라는 견해에 동의하고 있습니다. 두 작품의 줄거리는 많은 부분에서 일치합니다. 원출처가 무엇이든 이것은 타마라의 악마성, 그녀의 요염한 관능성과 미모 그리고 동시에 비극성을 정확하게 전달한다는 점에서 작가의 업적을 손상시키지는 않습니다.

시의 주인공은 악마의 유혹녀 타마라입니다. 그녀의 사랑은 상대방에게 치명적으로 위험한 것으로 그의 빠른 죽음을 예고하고 있습니다. 작품에서 행위가 전개되는 주위 환경은 두려움을 불러일으키며, 현재 일어나고 있는 현실을 의심하게 만듭니다. 바로 이곳에서 타마라는 자신의 연인을 기다리고 있습니다. 타마라는 민속 설화와 전설에서 나오는 모든 사악한 마녀의 총체적 이미지입니다. 세이렌[5]과 유사한 그녀의 아름다운 목소리는 우연히 지나가는 여행자들을 유혹하고, 그들을 껴안고 애무하면서 잠이 들도록 유혹합니다. 그녀는 상대방의 부나 다른 물질적 가치에는 관심이 없습니다. 황후는 자신의 희생자들과 함께 잊을 수 없는 열정적인 사랑의 밤을 지새우고, 아침에는 그들을 높은 절벽에서 바다로 내던져 버립니다. 시인은 타마라의 궁전에 관한 세부적인 사항들을 아주 자세하게 설명합니다. '금실로 수놓은 비단과 진주가 장식되어 있었고(В парчу и жемчуг убрана)', '음울한 환관이 그를 맞이했다네(Встречал его мрачный евнух)'.

황후는 우연히 들르게 된 자신의 손님들에게 뜨겁고 강한 정욕을 느끼고 있는데, 시인은 이러한 상황과 비극의 완전성을 전달하기 위해 대조적으로 그들과의 작별을 묘사합니다. 테레크 강의 격렬한 물줄기는 죽은 시신을 휩쓸어 가고, 이때에 황후는 과거의 사랑과 그들과의 사랑의 맹세를 애도하면서 용서를 구합니다. 그녀의 사랑은 신실하지 못한 일시적인 것으로 하룻밤 사이의 격렬했던 육체적인 사랑의 행위

---

[5] 고대 그리스 신화에 나오는 얼굴은 여자이고 몸이 새처럼 생긴 바다의 요부로 뱃사람들을 목소리로 유혹하는 바다의 미녀.

들은 그 의미를 상실하게 되고, 그녀 자신에 대한 자아와 감탄에만 관심이 있습니다. 여기에 그녀의 캐릭터의 모든 악마성이 포함되어 있습니다.

작품은 서술의 방식에서도 러시아 민중 설화인 스카즈카를 상기시키고 있습니다. 레르몬토프는 민속학 또는 민중적 작품에 있어서 특징적인 구조를 사용하고 있습니다:

'저 높고 좁은 탑 위에(В той башне высокой и тесной)
타마라 여왕이 살았다네(Царица Тамара жила).'

"옛날 옛적에(жили-были)"로 시작되는 스카즈카의 첫 행을 상기시키는 이러한 정형화된 표현을 사용하여 이야기를 더욱 신비스럽게 만들고 있습니다. 또한 시인은 탑에서 밤에 일어난 행위에 대해 자세하게 설명합니다. 밤사이에 행해진 상황 설명을 위해서 선택된 형용어구 '이상하고 거친 소리(странные, дикие звуки)', '백 명의 열정적인 청년들과 아내들(сто юношей пылких и жен)'은 모든 관능과 에로티시즘을 정확하게 전달하고 있습니다.

[그림 24] 카프카스를 배경으로 그린 레르몬토프의 유화 작품들

[그림 25] 레르몬토프의 카프카스 테마 스케치

[그림 26] 레르몬토프가 그린 삽화들

제 Ⅳ 부

자아 성찰의 시

모든 시인 및 작가의 언어와 문체는 창작의 긴 여정에서 부단히 개선되고 성숙한 단계로 승화하는 과정을 거치지만, 그러나 가장 중요한 특징들은 결코 변하지 않는다. 그런 점에서 레르몬토프는 평생 동안 낭만적인 영혼과 세상에 대한 부정적인 세계관을 유지하였다. 그는 러시아 상류 사회의 편견과 불공정성을 강하게 느꼈고, 한편으로는 자신의 외로움을 평온하면서도 고통스럽게 감내했으며, 다른 한편으로는 낭만적이고 이상적이며 고상한 사랑을 획득하기 위해 매우 적극적인 노력을 수행하곤 하였다.

　레르몬토프는 어린 시절에 이미 삶에 대한 관심을 잃었는데, 젊은 시인의 희망과 꿈들이 주위 사람들의 이해 부족으로 인해 완전히 망가져 버렸기 때문이다. 레르몬토프 창작의 초기 시들에서는 일반적으로 일기적인 특성을 보여주고 있는데, 시 《고백(Исповедь)》의 경우에서도 시인의 이러한 개인적인 고백의 성향을 서정적 주인공의 특징들 속에서 쉽게 찾아 볼 수 있다. 시 《고백(Исповедь)》에서는 시인이 인생의 황금기라 할 수 있는 청년 시기임에도 불구하고 매우 의기소침해 있으며, 현실에 실망하여 우울한 상태임을 쉽게 감지할 수 있다.

　레르몬토프의 청소년기의 첫 시학적 실험들에서 선언된 서정적 주인공의 외로움은 생의 후반부 시기의 작품에서는 전혀 다른 색채를 보여주면서 변화를 겪는다. 초기 시인에게 특징적으로 나타났던 온 세상에 대치하는 강한 낭만주의 성향의 자부심 강한 태도가 후기에는 삶을 관조하는 철학적 사고들로 대체된다. 레르몬토프는 창작 후기과정에서 인생과 삶의 결과를 다시 숙고하면서, 자신의 삶에 대한 철학적 분석에 관심을 기울였다. 레르몬토프의 삶에 대한 이 고통스러운 숙고의 성과는 자신의 비극적인 죽음 직전인 1840년에 창작된 «지루하기도 우울하기도(И скучно, и грустно)»라는 시로 승화되어 묘사되었다. 레르몬토프의 모든 작품들에는 항상 외로움과 우울함의 모티브가 주요한 본질로서 굳건하게 자리하고 있다.

[그림 27] 레르모토프의 창작을 위한 명상

[그림 28] 생각에 잠긴 레르몬토프

Исповедь

Я верю, обещаю верить,
Хоть сам того не испытал,
Что мог монах не лицемерить
И жить, как клятвой обещал;
Что поцелуи и улыбки
Людей коварны не всегда,
Что ближних малые ошибки
Они прощают иногда,
Что время лечит от страданья,
Что мир для счастья сотворен,
Что добродетель не названье
И жизнь поболее, чем сон!..

Но вере теплой опыт хладный

Противуречит каждый миг,

И ум, как прежде безотрадный,

Желанной цели не достиг;

И сердце, полно сожалений,

Хранит в себе глубокий след

Умерших — но святых видений,

И тени чувств, каких уж нет;

Его ничто не испугает,

И то, что было б яд другим,

Его живит, его питает

Огнем язвительным своим.

〈1831〉

고백

나는 믿고 신뢰할 것을 약속해요,
비록 내 자신이 그것을 경험하진 못했지만,
수도자가 위선적일 수 없다는 것과
맹세로 약속한 것처럼 살 수 있다는 것을요;
사람들의 키스와 미소가
항상 위험한 것은 아니며,
그것들이 때때로 친한 지인들의
작은 실수들을 용서하고,
시간이 고통을 치유하며,
세상은 행복을 위해 창조되고,
미덕은 이름만이 아니며
인생은 꿈 이상이라는 것을요!..

그러나 따스한 믿음에 차가운 경험은
매 순간 모순되는 말이지요,
즐거움이 없는 예전처럼, 지혜도
원하는 목표에 도달하지 못했지요;
후회로 가득 찬 마음은
죽은 자들의 — 성스러운 환영의
깊은 흔적을 자신에게 남기지요,
어떤 이들에게는 이미 사라진 감정의 그림자를요;
어떤 것도 그를 두렵게 하지 않아요,
그것이 다른 이에게 독이었다 할지라도,
자신의 독살스러운 불길로서
그를 살리고, 그를 양육하지요.

〈1831〉

레르몬토프는 1831년 후반에 시 《고백(Исповедь)》을 썼지만, 이 작품은 그의 생전에 출판되지 못하고 시인의 사망 이후로도 상당한 시간이 지난 후인 1859년에서야 세상의 빛을 보았습니다.

시인이 어린 나이인 17살에 이 시를 창작하였지만, 그는 이미 짧은 인생사에서 수많은 실망과 고통들을 혹독하게 체험했습니다. 레르몬토프는 3살 때 어머니를 여의었고, 어머니의 사망 후 외할머니와 아버지 사이의 극심한 갈등과 불화로 인해 아버지와 단절된 채로 외가에서 생활하였으며, 이 시기에 이미 두 번의 불행한 사랑을 경험했습니다. 시인이 이 시를 쓸 당시에 그는 우울증을 심하게 앓고 있었습니다. 따라서 이 시의 주인공이 일반적으로 시인의 초기 서정시에서 자주 발견되는 인생에 대한 환멸을 강하게 느끼는 청년이라는 사실은 놀라운 일이 아닙니다.

이 시는 형식과 내용면에서 두 부분으로 나뉩니다. 1연에서는 서정적 주인공은 세계가 어떻게 올바르게 정립되어야 하는지를 설명하고 있습니다. 그는 위선과 간계가 없는 세상을 보기를 원하면서 자기 주변의 사람들을 믿을 수 있기를 기대했고, 자신은 물론 가까운 지인들의 실수를 용서 받기를 소망하고 있습니다. 그는 시간이 고통을 치유할 수 있고 모든 사람이 행복을 얻을 수 있으며, 인생에서 중요한 것을 성취할 수 있다고 말합니다. 그러나 2연에서는 서정적 주인공의 이러한 희망들이 완전히 무너지고, 그의 모든 열망이 가혹한 현실에 처하면서 산산조각이 납니다. 그는 사람들이 매우 잔인하고 교활할 수 있으며, 인생은 결코 행복한 것이 아니라 고통으로 가득 차 있음을 이해하게 됩니다. 서정적 주인공은 현실이 꿈과 전혀 부합하지 않는다는 것과 자신이 현실 속에서 어떤 것도 바꿀 수 없다는 사실을 깨닫고서 깊이 실망하게 됩니다. 현실의 불공정한 삶이 서정적 주인공의 일상을 구속하고 그의 존재를 고통으로 가득 채웁니다. 그는 자신의 이성이 즐겁지 않으며 마음이 후회로 가득하다고 말합니다. 그러나 주인공이 고통을 겪으면 겪을수록 자신이 고통의 운명 속에 빠지게 되는 상황을 더 순종적으로 이해하게 됩니다. 그는 이러한 상황들과 더 이상 싸우지 않고 자신을 순종시키면서 그렇게 사는 것에 익숙해집니다.

작품의 시적 운율은 약강 4보격에 교차운으로 구성되었고, 시에서 사용된 수사적 기법으로 형용어구('따뜻한 믿음(вере теплой)', '차가운 경험(опыт хладный)', '거룩한 환상(святых видений)', '악의적인 불길(огнем язвительным)')를 사용하고 있으며, 은유법('시간이 치유한다(время лечит)', '이성에 와 닿지 않다(ум не достиг)', '마음을 지키다(сердце хранит)')을 사용하고 있습니다.

Я не хочу, чтоб свет узнал

Я не хочу, чтоб свет узнал

Мою таинственную повесть;

Как я любил, за что страдал,

Тому судья лишь бог да совесть!..

Им сердце в чувствах даст отчет,

У них попросит сожаленья;

И пусть меня накажет тот,

Кто изобрел мои мученья;

Укор невежд, укор людей

Души высокой не печалит;

Пускай шумит волна морей,

Утес гранитный не повалит;

Его чело меж облаков,

Он двух стихий жилец угрюмый

И, кроме бури да громов,

Он никому не вверит думы...

〈1837〉

나는 세상이 아는 것을 원하지 않아요

나는 내 비밀스런 이야기를
세상이 아는 것을 원하지 않아요;
얼마나 내가 사랑했고, 무엇 때문에 내가 가슴 아파했는지,
오직 신과 양심만이 그에 대한 심판을 하겠지요!..

감정을 담은 마음이 그들에게 설명을 하고,
그들에게 동정을 요구할 거예요;
내 고통을 고안한,
그들로 하여금 나를 벌하게 하세요;

무지한 자들의 질책과 사람들의 비난은
고상한 영혼을 슬프게 하지 않아요;
바다의 파도가 소리를 지르게 내버려 두세요,
화강암 절벽은 쓰러지지 않으니까요;

구름들 사이에 있는 절벽의 꼭대기인,
그는 두 가지 자연 현상의 우울한 거주자로
폭풍과 천둥 외에는,
그 누구에게도 생각을 말하지 않을 거예요...

〈1837〉

레르몬토프의 시 «나는 세상이 알기를 원하지 않아요(Я не хочу, чтоб свет узнал)»는 시인이 사망하기 얼마 전인 1837년에 창작된 것으로 추정되고 있기에 이 시는 그의 후기 시에 속한다고 할 수 있습니다. 시인의 작품에는 항상 낭만주의의 숭고한 이상이 반영되어 나타납니다. «나는 세상이 알기를 원하지 않아요»라는 시에서도 역시 낭만주의의 전통이라 할 수 있는 '개인과 사회와의 갈등, 자유에 대한 지향, 반항적인 자연의 이미지' 등이 명확하게 드러나 있습니다.

1행에서 이미 서정적 주인공과 주변 세계와의 갈등이 분명하게 표현되고 있습니다. 시인의 삶은 '비밀스런 이야기'입니다. 시인은 이를 통해서 개인적인 특성의 심오함을 강조합니다. 서정적 주인공은 '세상'이 그를 이해할 수 없기 때문에 사람들에게 자신의 영혼을 드러내 공개하지 않을 것입니다. 어휘 반복인 '무지한 자들의 질책(укор невежд)', '사람들의 비난(укор людей)'이라는 표현을 통해서 군중의 어리석음을 강조하고 있습니다.

서정적 주인공의 영혼은 고결하며 사회보다 더 높은 곳에 자리하고 있습니다. 그는 오직 신과 자신의 양심만을 심판관으로 초빙합니다. 이와 같은 상태에서는 레르몬토프와 창조자와의 관계가 매우 상치됩니다. 서정적 주인공은 신과 양심이 자신에 대해 심판할 권리를 인정하면서도, '내 고통들을 고안했다(Изобрёл мои мученья)'라고 대담하게 비난합니다.

시인의 낭만적인 작품들에서는 장엄하고 억제할 수 없는 자연의 이미지가 특징적입니다. 그리고 시의 두 번째 부분(3–4연의 절반)은 서정적 주인공을 화강암 절벽에 비유하고 있습니다. 그러나 이것은 사막에서 '조용히 울다(тихонько плачет)'(시 «절벽(Утес)»)에서와 같은 그런 거대한 절벽이 아닙니다. 시인은 '구름들 사이에 있는 절벽의 꼭 대기(его чело меж облаков)'를 공허한 세상 위로 떠올립니다. 시의 서정적 주인공은 두 가지 자연재해의 '우울한 거주자(угрюмый жилец)'인 절벽처럼 '폭풍과 천둥(бури да громов)'을 제외한 다른 어느 누구에게도 자신의 생각을 말하지 않습니다. 그리고 시인은 세상의 무의미한 소음이 있는 일상적인 삶을 절벽의 바위에 부딪히는 파도에 비교하면서, 그 파도는 거대한 절벽 아래에서 영원히 무의미하게 철썩거릴 뿐이라는 사실을 암시적으로 보여주고 있습니다.

Не смейся над моей пророческой тоскою

Не смейся над моей пророческой тоскою;

Я знал: удар судьбы меня не обойдет;

Я знал, что голова, любимая тобою,

С твоей груди на плаху перейдет;

Я говорил тебе: ни счастия, ни славы

Мне в мире не найти; настанет час кровавый,

И я паду, и хитрая вражда

С улыбкой очернит мой недоцветший гений;

И я погибну без следа

Моих надежд, моих мучений,

Но я без страха жду довременный конец.

Давно пора мне мир увидеть новый;

Пускай толпа растопчет мой венец:

Венец певца, венец терновый!..

Пускай! я им не дорожил.

⟨1837⟩

나의 예언적 고뇌에 대해 비웃지 마세요

나의 예언적 고뇌에 대해 비웃지 마세요;
나는 알았어요: 운명의 타격이 나를 우회하지 않을 것을요;
나는 알고 있었어요, 당신이 사랑하는 사람이
당신의 가슴으로부터 단두대로 넘어간다는 것도요;
나는 당신에게 말했어요: 행복도 영광도
내가 세상에서 찾을 수 없다는 것을요; 피의 시간이 도래할 거예요,
내가 전사할 것이고, 교활한 적의가
미소를 지으면서 나의 미성숙한 수호신을 비방하겠지요.
내가 멸망 하겠지요
내 희망이나 내 고통의 흔적도 없이요,
그러나 나는 두려움 없이 시기상조의 결말을 기다리고 있어요.
이미 오래 전에 내가 새로운 세상을 볼 때가 되었어요;
군중이 내 왕관을 짓밟게 하세요:
가수의 왕관, 수난의 왕관을요!..
내버려 두세요! 나는 그것들을 소중히 여기지 않았으니까요.

〈1837〉

해설과 분석
Комментария и анализ

레르몬토프가 1837년에 이 시 «나의 예언적 고뇌에 대해 비웃지 마세요...(Не смейся над моей пророческой тоскою...)»를 쓴 것으로 추정됩니다. 이 작품은 시인이 사망한 후인 1846년에 문학 선집 «오늘과 어제(Сегодня и вчера)»에서 부분적인 삭제와 약간의 부정확한 내용을 포함한 상태에서 처음 출판되었습니다. 이 작품은 «К * (당신의 친구가 예언적 고뇌를 가지고 있을 때 ...)(К* (Когда твой друг с пророческой тоскою...))»라는 쌍둥이처럼 닮은 시가 있는데, 이 두 작품 모두 30년대 시인의 서정시에서 강하게 드러났던 자유와 징벌의 이름으로 수행되어진 헌신적 희생의 테마를 다루고 있습니다.

시에서는 시인의 심오한 감정과 경험을 반영하고 있습니다. 서정적 주인공은 1인칭 화자이며, 시인은 대담자인 사랑하는 연인에게 호소하고 있습니다. 시인은 자신에게 다가올 죽음을 예고하면서 매우 감동적인 이미지를 다음과 같이 묘사합니다:

> '나는 알았어요: 운명의 타격이 나를 우회하지 않는다는 것을요;
> 나는 알고 있었어요, 당신이 사랑하는 사람이,
> 당신의 가슴으로부터 단두대로 넘어간다는 것도요...'

시인은 어두중첩법을 사용하여 끝없는 절망의 느낌을 강화하고 있으며 동시에 침착한 자신감도 확인시켜 주고 있습니다. 서정적 주인공은 '나는 알고 있었어요(Я знал)'라고 말하면서 미래에 일어날 일을 진

정시키고 있는데, 바로 다음 행에서 그 내용을 찾아볼 수 있습니다:

'그러나 나는 두려움 없이 시기상조의 결말을 기다리고 있어요.'

시인은 '예언적 고뇌'로 괴로워하면서 무엇을 예감하고 있을까요? 레르몬토프 서정시 연구자들은 시인에게 있어서 죽음에 대한 기대는 그의 우상인 푸슈킨의 죽음과 관련이 있다고 언급합니다. 레르몬토프가 창작한 많은 작품들이 푸슈킨의 작품에서 영감을 얻은 것으로 알려져 있으며, 그가 푸슈킨을 자신의 오래된 동료이자 스승으로 여기고 있는 것은 주지의 사실입니다. 젊은 레르몬토프는 푸슈킨이 자신의 작품을 통해서 러시아 사회와 관습을 비난하고 책망하였던 대담성에 대해서 매우 놀랐습니다. 그러므로 젊은 시인에게 있어서 위대한 스승의 죽음은 격렬한 감정의 폭풍을 불러 일으켰고, 그와 같은 시인의 감정들은 시 «시인의 죽음(Смерть поэта)»에서 적나라하게 표출 되었습니다. 황제 니콜라이 I세는 이 시행들이 대단히 모욕적이라는 사실을 인지하였고, 그에 따른 후속조치로 시인에 대한 체포와 카프카스로의 유배를 명령하였습니다.

이러한 사실들을 감안하여 살펴볼 때 레르몬토프가 당시 우울증에 사로 잡혀 있었다는 것은 놀라운 일도 아닙니다. 푸슈킨이 결투로 죽은 후 시인은 사회의 냉담함과 당국의 잔인함을 새롭게 확신하게 됩니다. 이런 이유 때문에 시인은 자신의 시에서 죽음이 아니라 단두대, 즉 처형에 대해 이야기하고 있습니다. '피의 시간(Час кровавый)'이라는 표현은 시인 자신의 죽음의 순간을 묘사하고 있는 형용어구입니다.

시인은 푸슈킨이 위대한 시인이지만 잘못된 시기에 세상에 나온 '제 때를 맞추지 못한 주인공 (несвоевременного героя)'의 이미지를

다시 한 번 더 강조하면서 이렇게 기술하고 있습니다:

'내가 전사할 것이고, 교활한 적의가
미소를 지으면서 나의 미성숙한 수호신을 비방하겠지요...'

이 시에서는 알렉산드르 푸슈킨의 작품에서 등장하는 많은 표현들이 등장합니다. 이를테면 '미성숙한 천재(недоцветший гений)'라는 형용어구는 푸슈킨의 작품 «안드레이 셴니에(Андрей Шенье)»에 나오는 '미숙한 천재(недозрелый гений)'를 반영한 표현입니다. 또한 레르몬토프는 «시인의 죽음(Смерть поэта)»에서 이미 사용된 표현인 '가수의 왕관(венец певца)', '수난의 왕관(венец терновый)'을 언급하면서 푸슈킨의 모습을 재현하여 보여주고 있습니다.

마지막 행은 불완전한 감흥을 불러일으키지만 이 느낌은 신뢰할 수 없습니다. 마지막 어절이 이전의 어절들과는 어느 한 곳에서도 운율을 형성하지 않고 있음에도 불구하고 작품의 의도가 완벽하게 종결된 것으로 판명됩니다. 서정적 주인공은 이제 모든 걱정에서 벗어날 수 있으며, 우리는 유감스럽게도 그의 예언이 모두 사실임을 확인하게 됩니다. 하지만 독자들은 시인이 죽음을 대하는 태도가 매우 낙관적이며, 마치 새로운 세계로의 여행처럼 인식하고 있다는 사실에서 잠시 위안을 얻을 수 있습니다.

[그림 29] 고독한 시인의 자아 성찰

И скучно и грустно

И скучно и грустно, и некому руку подать

В минуту душевной невзгоды...

Желанья!.. что пользы напрасно и вечно желать?..

А годы проходят — все лучшие годы!

Любить... но кого же?.. на время — не стоит труда,

А вечно любить невозможно.

В себя ли заглянешь? — там прошлого нет и следа:

И радость, и муки, и всё там ничтожно...

Что страсти? — ведь рано иль поздно их сладкий недуг

Исчезнет при слове рассудка;

И жизнь, как посмотришь с холодным вниманьем вокруг —

Такая пустая и глупая шутка...

⟨1840⟩

지루하기도 우울하기도

지루하고 우울하네요, 마음이 고통스런 순간에
누구에게도 손을 내밀 수 없다니...
희망!.. 헛되고 영원한 것을 희망하는 것이 무슨 소용이 있을까요?..
하지만 세월이 흘러가네요 ― 가장 좋은 시기가요!

사랑하나요... 누구를요?.. 일시적으로 ― 노력할 가치가 없지요.
그리고 영원히 사랑하는 것도 불가능하지요.
자신을 들여 다 보았나요? ― 그 곳에는 과거의 흔적조차도 없지요:
기쁨도 고통도, 그리고 그 곳의 모든 것이 하찮으니까요...

열정이 무엇이지요? ― 어차피 열정의 달콤한 병도 조만간에
이성의 말씀 아래 사라지겠지요.
당신이 냉정한 관심을 가지고 주위를 살펴본 것처럼, 인생은 ―
공허하고 어리석은 그런 농담 같은 거지요...

〈1840〉

해설과 분석
Комментария и анализ

레르몬토프는 시 «지루하기도 우울하기도(И скучно, и грустно)»를 1840년에 창작하였습니다. 그의 작품에는 외로움과 우울함의 모티브가 주요한 본질로 항상 내재되어 있는데, 시 «지루하기도 우울하기도»에는 우울함과 비관론이 가득 차 있습니다.

레르몬토프는 «우리 시대의 영웅(Герой нашего времени)»에서 이 시에서 제시하고 있는 자신의 이념을 계속 발전시키고 있는데, 이는 전적으로 페초린(Печорин)의 진실한 독백의 형태로 나타납니다. 시인은 자신의 등장인물의 심리적 상태를 자신에게 전이시키고 있는데, 이 시는 가상 주인공의 모든 특성이 시인 자신에게 적용될 수 있다는 점에서 독자적인 고백으로 간주 될 수 있습니다.

«지루하기도 우울하기도»는 진지한 자아 성찰의 결과입니다. 레르몬토프는 사회를 경멸하면서도 여전히 사회의 세속적인 평가의 영향으로부터 벗어날 수 없었습니다. 그는 어떤 것을 하고자 하는 열망이 없었고, 어떤 것에 대한 애착도 없었습니다. 열정은 일시적인 특성을 지니고 있기 때문에 더 이상 힘을 갖지 못합니다. - '영원히 사랑하는 것은 불가능하다(вечно любить невозможно).'

시인은 자신의 생각을 발전시키면서 운문에 대한 자신의 공헌을 거부합니다. - '그 곳의 모든 것은 하찮다(все там ничтожно)'. 미래에 다가올 피할 수 없는 노년과 죽음이라는 고상한 목표는 계속해서 공상 속에 남아 있습니다. 이 시를 쓸 당시 레르몬토프의 나이는 불과 스물

다섯 살이었습니다. 언급할 필요도 없이 그는 심각한 정신적 위기에 처해 있었습니다. 시인이 사망한 후에서야 그의 작품은 가치를 제대로 평가 받았고, 푸슈킨의 천재성과 동일시되었습니다. «지루하기도 쓸쓸하기도»는 사회가 극단적으로 비관적이고 절망적인 상황으로 내몰아 버린 재능 있는 시인 자신의 비극적인 고백입니다.

Благодарность

За все, за все тебя благодарю я:

За тайные мучения страстей,

За горечь слез, отраву поцелуя,

За месть врагов и клевету друзей;

За жар души, растраченный в пустыне,

За все, чем я обманут в жизни был...

Устрой лишь так, чтобы тебя отныне

Недолго я еще благодарил.

〈1840〉

감사

나는 당신에게 범사에 대해, 모든 것에 대해 감사를 드립니다:
열정의 비밀스런 고통들에 대해,
눈물의 쓰라림과 키스의 독에 대해,
적들의 복수와 친구들의 비방에 대해;
황야에서 낭비된 영혼의 열정에 대해
내가 인생에서 기만 당한 모든 것에 대해...
그렇게만 만들어 주세요, 이제부터는 당신에게
내가 잠시 동안만 더 고마워 할 수 있게요.

〈1840〉

해설과 분석
Комментария и анализ

레르몬토프의 시 «감사(Благодарность)»는 시인의 창작 활동의 후반 기인 1840년에 창작되었습니다. 몇몇 비평가들은 시인이 이 작품을 그의 연인 중 한 명에게 헌정했다고 간주하고 있습니다. 실제로 처음 시를 발표할 당시에는 대명사 «너를(тебя)»은 대문자로 써서, 구체적인 사람을 특정한 것처럼 표현했는데, 나중에 시인이 검열을 오도하기 위해서 의도적으로 이 작업을 수행한 것으로 밝혀졌고, 검열자는 실제로 이 시가 특정한 여성에게 헌정된 작품이라고 단정하기도 했습니다.

이 시를 조금 더 주의 깊게 읽는다면, 이 작품이 세상과 하나님을 향해서 호소하고 있다는 사실을 분명하게 인지할 수 있습니다. 이것은 일종의 기도시이며, 레르몬토프의 작품에서 이런 형태의 시는 이미 시 창작의 초기부터 나타났습니다. 그러나 이 시의 경우 문자 그대로의 의미인 "감사(Благодарность)"로 인식해서는 안 됩니다. 시인이 사용한 시어의 슬픈 아이러니는 모든 행에서 선명하게 느껴집니다. 레르몬토프는 이 시를 통해서 인생이 얼마나 복잡하고 예측할 수 없는지, 그 삶 안에 얼마나 많은 아픔과 고통이 있는지에 대해 이야기합니다. 마지막 행에서 시인은 그가 오랫동안 고마워할 필요가 없게 되기를 요청하면서 자신의 고통의 끝에 대해서 죽음에 대해서 신에게 용서를 구하고 있습니다.

시 «감사»는 5음보 약강격에 교차운의 8행으로 구성되어 있습니다. 시가 전체적으로 통합된 인식을 주기 위해서 연을 구분하지 않았지만,

의미적인 내용에 따라 두 부분으로 구분할 수 있습니다. 첫 번째는 서정적 주인공의 감사이며, 두 번째는 그의 요청입니다.

레르몬토프가 사용하는 예술적 기법들 중 중요한 역할을 은유법('키스의 독(отрава поцелуя)', '열정의 고통(мучения страстей)', '사막에서 소진된 영혼의 열기(жар души, растраченный в пустыне)')뿐만 아니라, 1행에서의 반복법 '범사에 대해, 모든 것에 대해(за все, за все)'를 사용하고 있으며, 시인은 전체 8행 중 6행에서 동일한 전치사 «за(~에 대해)»로 시작하는 어두중첩법을 사용하여 자신이 감사해 하는 내용들을 열거하고 있으며, '비밀스런 고통들(тайные мучения)'이라는 단 하나의 형용어구를 사용하고 있습니다.

몇몇 연구자들은 마지막 2행에 포함된 신에 대한 호소가 서정적 주인공의 과도한 자긍심 또는 교만을 나타내는 것이라고 주장하고 있습니다. 이 교만에 가까운 자긍심은 누구에게도 자신의 단점을 보는 것을 허용하지 않고 있으며, 모든 주변 세계를 비난하면서, '감사'를 받아야 하는 사람의 이름조차도 밝히지 않습니다.

Утес

Ночевала тучка золотая
На груди утеса—великана;
Утром в путь она умчалась рано,
По лазури весело играя;

Но остался влажный след в морщине
Старого утеса. Одиноко
Он стоит, задумался глубоко,
И тихонько плачет он в пустыне.

〈1841〉

절벽

황금빛의 먹구름이
거대한 절벽의 품안에서 잠들었어요;
아침에 일찍 먹구름은 날아가듯 여행을 떠났지요,
푸른 하늘을 따라 즐겁게 장난치면서요;

그러나 오래된 절벽의 주름진 곳에는
젖은 흔적이 남아 있었지요. 고독하게
절벽은 서서, 깊이 생각했고,
광야에서 그는 조용히 울었지요.

〈1841〉

레르몬토프의 시 «절벽(Утес)»은 '오래된 절벽(старый утёс)과 먹구름
(тучка)'이라는 서로 대립되는 두 가지 이미지를 대비시켜 보여주고 있
는데, 이 이미지들은 또한 '젊음(молодость) – 노년(старость)', '무사태
평(беззаботность) – 숙명성(обреченность)', '기쁨(радость) – 슬픔(печаль)'
과 같은 범주에서 비교될 수 있습니다. 만일 형용어구 '늙은(старый)'을
사용하여 절벽의 이미지에 적용을 한다면, '먹구름(тучка)'이라는 어휘
를 통해서 그 자체의 '작고, 귀여운' 의미를 내재하고 있는 애칭 접미사
«к»는 젊고 무사태평한 먹구름의 작은 조각의 이미지를 창출합니다.
이 먹구름의 작은 조각은 아이의 이미지와 매우 유사합니다. 이 시의
시간적 공간은 매우 다의적이지만, 반면에 시에서 진행되는 행위는 매
우 빠르게 전개되고 있습니다: '먹구름이 밤을 지새웠고(тучка ночевала)'
– '서둘러 내달렸고(умчалась)' – '절벽이 혼자 남겨졌다(утес остался
одинок)'.

만일 이 시에서 창출된 시공간에 대해서 더 넓게 확대해서 살펴본다
면, 시간이 꽤나 오랫동안 지속되고 있습니다. 먹구름이 '거대한 절벽
의 품 안에서 밤을 지새웠다(ночевала на груди утеса–великана)'라고 묘
사했는데, 이 거대한 절벽은 단순한 체류의 장소가 아니라, 자신의
위탁자를 돌봐 주었으며 자신의 배려와 관심을 먹구름에게 기울인 신
뢰할 만한 부양자로 밝혀집니다. 하지만 인간에게 젊음은 일시적인
현상에 불과하며 노년은 부지불식간에 다가옵니다. 2연의 시행에서

연속적으로 사용된 모음 «o»의 음가 덕분에 외로운 은둔자의 울부짖는 통곡과 조용한 울음소리를 감지하게 됩니다: ('고독하게(одиноко)', '그는 (он)', '심오하게(глубоко)', '조용하게(тихонько)'). 먹구름은 떠날 때 친구의 삶을 완화시키기 위해 생명을 주는 수분과 같이 '주름에 젖은 흔적(влажный след в морщине)'을 남깁니다. 유감스럽게도 이 수분은 빠른 속도로 증발해 버려서 젊음과 기쁨에 대한 어떤 기억도 남기지 않은 채 단지 눈물만을 남기게 됩니다: '그리고 그는 광야에서 조용히 웁니다(и тихонько плачет он в пустыне).'

 1연에서는 시어들의 순서에 따라 행위가 순차적으로 이루어지고, 이를 통해서 우리는 눈에 띄지 않게 먹구름의 뒤를 따라갈 수 있습니다. 하지만 2연에서는 행의 구조적인 편성이 어떻게 변경되는지 확인할 필요가 있는데, 시인은 도치법을 통해서 '고독하게(одиноко)', '깊이 생각하다(задумался)', '조용히(тихонько)'라는 어휘의 의미를 특히 강조하고 있습니다. 이러한 수사적 기법의 도움을 받아 우리는 절벽과 함께 떠나는 젊고 작은 먹구름의 뒤를 아쉬운 작별의 시선을 담아 바라볼 수 있습니다. 절벽의 울음은 조용합니다. 왜냐하면 그는 약하고 무력하며 솔직하게 보여 지는 것을 바라지 않기 때문입니다. 절벽의 '심적 체험(переживание)'에 대한 저자의 동감은 매우 분명하지만, 이 시가 «먹구름(тучка)»이 아니라 «절벽(утес)»이라는 제목으로 불리게 된 것은 우연이 아닙니다. 그리고 만일 먹구름의 이미지가 화려한 색조('금빛의(золото)', '푸른빛의(лазурь)')로 표현되었다면, 절벽을 묘사할 경우에는 하나 이상의 밝은 색채를 찾지 못했을 것입니다. 여기에서 무엇보다도 중요한 것은 시인이 인위적으로 또는 피상적으로 꾸미는 것을 피하고 있으며 심오한 내적 체험에 중점을 두고 있다는 사실입니다.

Они любили друг друга так долго и нежно

Они любили друг друга, но ни один
не желал признаться в этом другому.
Гейне

Они любили друг друга так долго и нежно,
С тоской глубокой и страстью безумно—мятежной!
Но, как враги, избегали признанья и встречи,
И были пусты и хладны их краткие речи.

Они расстались в безмолвном и гордом страданье
И милый образ во сне лишь порою видали.
И смерть пришла: наступило за гробом свиданье…
Но в мире новом друг друга они не узнали.

〈1841〉

그들은 서로를 그렇게 오랫동안 소중하게 사랑했었지요

그들은 서로를 사랑했지만, 단 한 번도
이것을 다른 사람에게 고백하기를 원하지 않았지요.
하이네

그들은 서로를 그렇게 오랫동안 소중하게 사랑했었지요,
깊은 고뇌와 열정을 가지고서 미친 듯이 반항적으로요!
하지만 그들은 원수들처럼 고백과 만남을 피했고,
그들의 짧은 대화는 공허하고 차가웠지요.

그들은 말없이 당당하게 고통 속에서 서로 헤어졌으며
오직 꿈에서만 사랑스런 이미지를 때때로 보곤 했었지요.
그리고 죽음이 닥쳐왔지요: 묘지에서 상봉이 이루어졌으나...
그들은 새로운 세상에서 서로를 알아보지 못했지요.

〈1841〉

해설과 분석
Комментария и анализ

    레르몬토프의 《그들은 서로를 그렇게 오랫동안 소중하게 사랑 했었지요(Они любили друг друга так долго и нежно)》라는 작품은 1827년에 창작된 하이네(G. Heine)의 시를 자유롭게 번안한 시입니다. 시인은 이 시를 1841년 봄에 발표했지만, 시인이 죽은 지 2년 후인 1843년에 《조국 수기(Отечественная записка)》에서 처음 게재되었습니다. 이 시는 장르상으로 사랑의 서정시이고, 쌍을 이루는 2연에 압운은 강약약의 교차운으로 구성되었습니다. 서정적 주인공은 '그와 그녀'로 두 사람이 등장합니다. 작품의 서두에는 하이네의 경구가 자리하고 있습니다. 이 시는 매우 짧지만 고백적인 억양, 거의 서술적인 이야기 방식 그리고 고통스러운 의미를 담고 있는 단어의 흐름을 통해서 시인의 진정성을 보여주고 있습니다.

    어두반복으로 '그들(они)', '그리고(и)', '그러나(но)'가 2-3회씩 사용되었고, 비유법으로는 '적들처럼(как враги)'이 사용되었으며, 열정적인 문체의 시인만의 독자적인 형용어구로는 '미친 듯이 반항적이며(безумно-мятежной)', '공허하고 냉담하며(пусты и хладны)', '조용하고 자랑스럽다(безмолвном и гордом)'가 사용되었습니다. 1연에서 묘사된 감탄의 표현이 2연에서는 말줄임표로 전이되는데, 시인은 이러한 변화를 통해서 주인공들을 의도적으로 멀리한 상태에서 그들을 객관적으로 바라보면서 등장인물들의 감정을 분석합니다. 그러나 여기에 묘사된 슬픈 상황들은 시인 자신이 겪었던 일이었기에, 그가 하이네의 시를 번안하기로 한 것은 다 이유가 있었던 것입니다. 하이네 작품의 독일어 원본에서의 결말은 연인들을 무덤의 경계로 데려온 후 끝이 나지만, 레르몬토프의 결말은 하이네의 원작보다 더 가혹합니다. 즉 사후 삶에서도 주인공들은 이별을 합니다. 그는 여기에서 내세에 대한 정교적인 이해를 함축하고 있습니다. 이를테면 지상에서 친밀하게 지낸 사람들은 사후에 천상에서도 만나게 되는데, 그 때부터는 이미 영원한 만남인 것입니다. '그러나 새로운 세상에서 그들은 서로를 알아보지 못했지요(Но в мире новом друг друга они не узнали)' – 이 마지막 행의 의미는 독자들을 시의 시작점으로 다시 되돌려 놓습니다. 아마도 이 이야기는 시인의 마음속에 내재된 고통스러운 기억을 자극했을 것입니다. 시인이 자신의 인생에서 가장 사랑을 했던 연인 바르바라 로푸히나와는 여러 가지 복잡한 상황들로 인해서 그들이 원했던 행복한 결합이 성사되지 못한 채, 그녀는 다른 사람과 결혼을 했습니다. 그 결과로 인해 두 사람은 모두 고통을 겪었고, '꿈에서만 사랑스러운 이미지를 종종 보곤 했습니다(милый образ во сне лишь порою видали)', 레르몬토프와 로푸히나는 자신들의 가슴 속에 서로에 대한 뜨거운 사랑을 영원히 간직하려고 노력했습니다. 시인이 결투에서 사망했다는 소식은 그가 젊은 시절에 사랑했던 연인에게 병을 더욱 악화시키는 상황을 초래하였습니다. 하지만 시인은 이 시를 통해서 지상에서의 사랑을 이루지 못한 주인공들이 사후 세계에서의 행복을 기대해서도 안 된다는 사실을 음울하게 확인해 주고 있습니다. 이 시에서는 동사의 사용이 많은 편인데, 레르몬토프는 이 어휘들을 불행한 연인들에게 공감하는 감정을 불러일으키는 상황에 모두 할당했습니다.

Выхожу один я на дорогу

Выхожу один я на дорогу;
Сквозь туман кремнистый путь блестит;
Ночь тиха. Пустыня внемлет богу,
И звезда с звездою говорит.

В небесах торжественно и чудно!
Спит земля в сияньи голубом...
Что же мне так больно и так трудно?
Жду ль чего? жалею ли о чём?

Уж не жду от жизни ничего я,
И не жаль мне прошлого ничуть;
Я ищу свободы и покоя!
Я б хотел забыться и заснуть!

Но не тем холодным сном могилы...
Я б желал навеки так заснуть,
Чтоб в груди дремали жизни силы,
Чтоб дыша вздымалась тихо грудь;

Чтоб всю ночь, весь день мой слух лелея,

Про любовь мне сладкий голос пел,

Надо мной чтоб вечно зеленея

Тёмный дуб склонялся и шумел.

〈1841〉

나 홀로 길을 나서네

나는 홀로 길을 나서지요;
안개 속으로 자갈길이 반짝거려요;
밤은 고요하고요. 황야는 신에게 귀 기울이고,
별들은 서로 이야기하지요.

하늘은 장엄하고 신비로워요!
대지는 푸른빛 속에서 잠들었어요...
무엇이 나를 이렇게 아프게 하고 이리도 힘들게 할까요?
내가 무엇을 기다릴까요? 내가 무엇에 대해 후회할까요?

나는 인생에서 아무 것도 기대하지 않으며,
내게는 과거의 어떤 것도 애석해 하지 않아요;
나는 자유와 평안을 추구하지요!
나는 잊어버린 듯 잠들고 싶어요!

그러나 무덤의 차가운 그런 잠은 아니지요...
내가 영원히 그렇게 잠들길 바래요,
가슴 속에서 삶의 활력이 졸고 있고,
가슴이 조용히 호흡하면서 부풀어 오르도록요;

내 청각을 밤새도록, 하루 종일 위로해 주면서
사랑에 대해, 달콤한 목소리가 내게 노래 불러주고,
내 머리 위에는 영원히 초록색을 띤 채로
짙은 참나무가 몸을 숙여 소곤거릴 수 있게요.

〈1841〉

미하일 레르몬토프의 시 «나 홀로 길을 나서네(Выхожу один я на дорогу)»는 시인의 비극적인 죽음 전의 마지막 작품 중 하나입니다. 러시아의 많은 재능 있는 예술가들은 자신의 죽음을 미리 예측했으며, 그것을 자신들의 작품에 의식적으로 반영했습니다. 우리가 살펴보고 있는 이 시는 놀랍게도 시인의 임종 전의 유언을 상기시키고 있습니다. 시 «나 홀로 길을 나서네»는 레르몬토프의 우울한 정신적 분위기와 뚜렷한 대조를 이루고 있는데, 이 시에서는 평온한 슬픔의 모티브가 매우 강합니다.

시인은 서정적 주인공을 외로운 여행자의 이미지로 묘사하면서 자신을 그 여행자로 간주하고 있습니다. 시인은 항상 자신의 강렬한 외로움과 독자성을 느꼈고 인간 사회로부터의 추방이 마침내 그의 영혼에 평안과 자유를 가져다준다고 여겼습니다. 수많은 별들이 빛나는 하늘과 한 밤중 고요한 자연에 대한 관조는 시인 자신의 삶에 대한 숙고로 이동을 합니다. 시인은 모든 자연이 누리고 있는 한 밤의 수면 상태에서도 삶의 맥박은 멈추지 않는다고 주장합니다('별과 별이 이야기한다(звезда с звездою говорит)').

서정적 주인공은 마치 자신을 흥분시키는 모든 욕망들로부터 마음을 비우기라도 하듯이, 미래에 대한 희망과 꿈들과 작별을 고합니다. 그는 아무런 후회나 연민 없이 과거의 삶과 작별을 하면서, 오직 '자유와 평안!(свобода и покой!)'만을 기원합니다. 하지만 시인은 유일한 출구가 육체적인 죽음이라는 것을 인지하고 있으며 그 죽음이 영적인 죽음을 의미하기 때문에 두려움을 느낍니다. 인생이 끝날 때 모든 사람을 기다리는 음울한 불확실성은 개인성의 상실과 관련이 있습니다. 서정적 주인공은 짙은 녹색 참나무의 그늘 아래에서 무익한 존재로 영원히 남아있기를 바랍니다.

이 시는 5음보 강약격에 교차운으로 구성되었으며, 엘레지의 문체를 전달하고 있습니다. 수사적 기법의 형용어구로는 '장엄하고 훌륭한(торжественно и чудно)', '달콤한(сладкий)'이 있으며, 의인화로는 '별과 별이 이야기하다(звезда с звездою говорит)', '대지가 자고 있다(спит земля)'를 꼽을 수 있고, 은유법으로는 '무덤의 차가운 잠(холодным сном могилы)'이 있으며, 수사적 질문과 느낌표 및 말줄임표 등이 작품의 주된 분위기를 전달하고 있습니다.

시인이 영원한 불멸에 대해서 어떤 특별한 의미를 부여 했는지는 알 수 없습니다. 그는 특별히 종교적인 삶을 영위하지 않았기 때문에 천국의 구원을 거의 기대하지 않고 있습니다.

[그림 30] 레르몬토프가 유소년기와 청소년기를 보낸 타르한의 영지 저택

Лермонтова
Мария Михайловна,
мать поэта

Арсеньева
Елизавета Алексеевна,
бабушка поэта

Лермонтов
Юрий Петрович,
отец поэта

[그림 31] 레르몬토프 가족
(어머니 – 마리야 미하일로브나 레르몬토바, 외할머니 – 옐리자베타 알렉세예브나
아르세니예바, 아버지 – 유리 페트로비치 레르몬토프)

[그림 32] 타르한에 있는 레르몬토프 묘비

레르몬토프의 삶과 작품 세계

　미하일 유리예비치 레르몬토프(М.Ю. Лермонтов)(1814-1841)라는 이름은 현대 독자들에게 니콜라이 I세의 정치적 유형수, 유배지인 카프카스에서의 전투 및 결투로 인한 죽음과 연관된 극적인 이야기들을 연상시키는 시인이자 작가이다. 시인은 어린 나이에 이미 일상생활에서 많은 실망과 고통들을 혹독하게 체득하였다. 이를테면 세 살 때 어머니를 여의었고, 열여덟 살에 아버지마저 세상을 떠났으며, 10대 중후반 청소년기에 이미 두 번의 불행한 사랑을 경험했다. 또한 그가 시를 본격적으로 창작할 당시에는 심한 우울증을 앓고 있었다. 따라서 시인의 초기 서정시에서 등장하는 서정적 주인공들이 인생에 환멸을 느끼는 청년이라는 사실은 놀라운 일이 아니다. 그는 15-16세의 나이에 자신의 정신이 소멸되고 늙어가고 있다는 사실을 친구에게 고백하기도 했다. 주변 현실과의 관계를 개선하거나 진정한 친구를 사귀는 능력과 사회성이 부족했기 때문에 이러한 상황은 더욱 악화 되었다. 물론 레르몬토프가 자신의 청소년기에 겪은 외로움과 고통들을 어떤 면에서 일종의 독특한 놀이로 보면서 낭만주의 작가, 특히 쉴러(Schiller)의 작품에 나오는 주인공들과 더 가까워지려는 시도라고 주장하는 연구자들도 있다. 하지만 시인의 삶 자체에서 보여 지는 실제적이고 극적인 드라마도 그만큼 충분하고 다양하다. 어린 시절 아버지와 외할머니는 레르몬토프를 앞에 두고 어린 아이의 양육에 관한 권리를 서로 독점적으로 갖기 위해 격렬하게 싸우는 것을 주저하지 않았다. 이러한 광경들은 그의 초기 시에 중대한 영향을 끼쳤다. 레르몬토프는 어린 시절에 이미 삶에 대한 관심을 잃었지만, 주어진 삶에서 최선을 다하려고 항상 노력하였으나 사람들은 그를 비웃으며 경멸했다. 레르몬토프는 낭만주의 시인으로서 감동을 잘하는 성향 때문에 열정적으로 사랑에 빠지곤 했으며 자신의 진실한 감정을 담은 시를 사랑하는 연인들에게 헌정하였다. 시인의 사랑의 서정시들은 극적 긴장감이 가득 차 있으며, 종종 비극적인 어조가 나타난다. 레르몬토프의 개인적인 가정사에 따른 어려움과 역경들이 그의 짧은 인생 동안 줄곧 뒤따랐으며, 그는 이성과의 교제에서도 매우 불행했다. 그가 좋아했던 아가씨들은 시인의 진실한 사랑의 감정에 대해서 비웃었고 그의 간절한 구애를 거부했다. 레르몬토프는 평생 동안 주위 사람들의 이해 부족으로 인해 수많은 어려움을 겪었다. 그 주된 이유는 정치적 신념뿐만 아니라, 낭만주의 이념에 대한 그의 과도한 몰입 때문이었다. 시인은 자신의 인생이 끝날 무렵, 이미 자신의 비사교적 이미지에 너무 익숙해진 나머지 자신만의 특정한 관심을 그 틀 안에서 추구하고자 했다. 이것은 그의 개인적인 삶에 대한 가장 직접적인 이미지를 표현해 주고 있다. 시인은 상상 속에서 아름답고 사랑스런 여성의 이상을 창조하기 위해 노력했지만 실제로는 그것을 찾을 수 없었다.

레르몬토프는 평생 동안 낭만적인 성향의 영혼과 부조리한 세상에 대한 부정적인 세계관을 간직하였다. 시인의 작품에는 항상 낭만주의의 숭고한 이상이 반영되고 있다. 사랑의 서정시에서도 역시 낭만주의 전통이라 할 수 있는 '개인과 사회와의 갈등, 자유에 대한 지향, 바다와 폭풍우 같은 격렬한 자연의 이미지' 등이 명확하게 보여 지고 있다. 레르몬토프는 세속적인 상류 사회를 경멸하면서도 여전히 사회의 세속적인 평가의 영향으로부터 벗어나지 못했는데, 그의 작품에 대한 동시대인들의 비평이 이 잘못된 견해를 더욱 강화시켰고 시인은 자신이 실패했다고 확신하게 되었다. 그는 삶의 목적과 의미를 상실한 상태에서 더 이상 어떤 것을 하고자 하는 열망도 없었으며, 어떤 것에 대한 애착도 없었지만, 그럼에도 불구하고 시인의 뜨거운 열정은 항상 일시적일지라도 적극적인 특성들을 보여주곤 했다.

레르몬토프는 평생 동안 400여 편의 시와 30여 편의 서사시를 창작했는데, 사랑의 주제에 대해서는 약 160편의 시를 썼다. 시인이 사랑을 테마로 창작한 많은 시들은 자신이 한때 열렬히 사랑하고 흠모했던 대상이자, 후에 질책의 대상이 된 수슈코바와 이바노바에게 헌정한 «수슈코바 연작시»와 «이바노바 연작시»가 큰 비중을 차지하고 있다. 또한 시인 자신이 죽을 때까지 잊지 못하는 가장 이상적인 사랑의 대상이던 로푸히나, 그가 결투로 사망하기 직전에 애틋한 관계를 유지했던 븨호베츠, 그리고 그 외에 시인의 생전에 마주했던 사교계의 훌륭한 여성들을 대상으로 쓴 시와 다양한 주제로 특정한 수신자 없이 쓴 사랑의 서정시들이 주종을 이루고 있다. 그 중에서 가장 특별한 사랑의 테마라고 할 수 있는 시 «천사(Ангел)»(1831)는 자신의 어머니와의 추억과 연계된 모성애를 기반으로 쓴 작품이다. 시인은 어머니가 자신의 유아 시절에 불러주던 희미하고 아련한 자장가의 기억에 기반을 두고 시를 창작하였다. 따라서 이 시는 레르몬토프의 다른 시작품들에서 보여 지는 강렬한 외로움과 악마적인 테마의 모티브와는 거리가 먼 작품이다. 시에 반영된 그의 감정은 매우 순수하고 숭고하다. 하지만 시인은 천사가 불러주는 노래의 가사와 구체적인 내용은 그다지 중요하지 않다고 생각한다. 어머니가 불러주는 자장가의 주요한 장점은 운율성에 기반하며 누군가의 영혼 속에 어머니의 노랫소리가 조금이라도 기억 속에 남아 있다면 충분한 것으로 그 노래는 시간이 흐른 후에 다시 어머니가 처음 창작하여 불러준 그대로 생생하게 되살아날 수 있다. 후에 레르몬토프는 시작법상의 약간의 변형을 통해서 시 «기도(Молитва)»에서 이 테마를 더욱 발전시켰다.

레르몬토프는 사랑의 서정시의 테마를 통해 사랑에 빠진 사람의 경험에 대해 묘사하고 있다. 시인은 자신의 시에서 사랑하는 연인과 헤어진 남성에게서 일어나는 모든 상충되는 생각과 감정들을 잘 배치하여 보여주고 있다. 한편으로는 그 자신이 우울증을 겪고 있었기 때문에 모든 관계에서 마치 스스로의 감정에 대해 잊어버린 것 같지만, 다른 한편으로는 그는 모든 것이 자신의 사랑을 억압하도록 강요되는 상황으로 끝맺음 되는 것이 모욕적이고 불쾌하다는 사실을 토로하고 있다. 물론 이 사랑의 서정시의 주된 테마는 응답 없는 짝사랑과 그 후에 마음에 영원히 상처를 남긴 이별이다.

레르몬토프는 사랑의 서정시들을 통해서 자신의 감정을 생생하게 전달한다. 레르몬토프는 자신이 사랑을 하면서 겪었던 다양한 경험으로부터 영혼과 마음을 자유롭게 하고, 그의 예전 연인에 관한 나쁜 기억으로부터 자신의 생각을 정화하기 위해서 자신의 비밀스런 감정들을 시를 통해서 토로하면서 표출해 내고 있다. 레르몬토프의 사랑의 서정시는 시인이 사랑 자체를 감정으로 찬미하는 것이 아니라, 사랑하는 «나(я)»와 이별 전후의 사랑에 빠진 사람의 비통하고 애절한 모순적인 상태를 보여주기 위해 노력한다는 점에서 다른 시인들의 작품과 구별된다. 레르몬토프의 작품에서 헤어진 연인들에게 헌정된 작품들은 '연작시'의 독립된 계보의 형태로 전해지고 있다. 그의 삶이 끝날 때까지 열렬한 사랑과 슬픈 이별은 그의 서정시에서 주요한 테마가 되었다. 따라서 과거의 사랑에 대한 시인의 고백은 괴로움과 우수로 가득 차 있다. 레르몬토프의 청소년기의 첫 시학적 실험들에서 선언된 서정적 주인공의 외로움의 전경은 생의 후반부 시기의 작품에서는 다른 색채를 보여주며 전이하는 과정을 겪는다. 초기 시인에게 특징적으로 나타났던 온 세상에 대치하는 강한 낭만주의 성향의 자부심 강한 태도가 후기에는 철학적 사고들로 대체된다. 시인의 사랑의 서정시에 등장하는 서정적 주인공들은 항상 애절하게 서로를 그리워하지만, 동시에 아무 것도 되돌릴 수 없다는 사실을 알고 있다. 시간이 지나면서 시인이 할 수 있는 유일한 것은 과거의 모든 사랑에 대한 즐거운 추억들을 소중히 간직하는 것뿐이다. 레르몬토프의 사랑의 서정시는 모든 인간이 태어나서 죽을 때까지 평생 동안 '사랑을 했고, 사랑을 하고, 사랑을 할 것'이므로 시대와 공간을 초월하여 항상 실제적인 연계성을 가지고 있다. 시인은 자신의 시를 통해서 진정으로 심오한 감정은 결코 사라지지 않는다는 것을 보여주기를 원했다. 누군가의 시를 읽는 행위는 따뜻한 감정에 호응하는 것이며, 서정적 주인공에게 동감하기를 원하는 것이다. 사랑하는 연인으로서 관계의 거부 또는 슬픈 파국에도 불구하고, 한때 열렬히 사랑했던 연인에 대한 아련한 기억은 즐거운 감정을 남긴다. 따라서 모든 사랑은 선물이며 보호받을 필요가 있다는 것을 기억해야 할 것이다.

레르몬토프 연보

1814년 모스크바에서 출생

1817년 어머니 마리야 미하일로브나 아르세니예바 사망(22세)

1820, 1825년 외할머니 옐리자베타 알렉세예브나 아르세니예바와
　　　　　함께 카프카스 여행

1827년 타르한(Тархан)에서 모스크바로 이주

1828년 모스크바 대학 기숙학교 입학

1829년 서사시 《악마(Демон)》 창작 시작

1830년 모스크바 대학교 입학

1831년 아버지 유리 페트로비치 레르몬토프 사망(44세),
　　　　시 《천사(Ангел)》, 《돛단배(Парус)》 발표

1832년 교수와의 불화로 모스크바 대학 자퇴하고 페테르부르크
　　　　근위 기병사관학교 입학

1833년 소설 《바짐(Вадим)》 발표

1834년 기병사관학교 졸업하고 경기병 연대 기병 소위로 임관

1835년 드라마 《가면무도회(Маскарад)》 발표

1836년 《리고프스카야 공작부인(Княгиня Лиговская)》 창작 시작

1837년 알렉산드르 푸슈킨의 죽음에 대해 항의한 시 «시인의 죽음
(Смерть поэта)» 발표, 이를 계기로 체포되어 카프카스로 유배,
시 «보로지노(Бородино)» 발표

1838년 외할머니의 도움으로 카프카스 유배지에서 페테르부르크로
복귀, 차르스코예 셀로 경기병 연대 배치

1839년 서사시 «악마(Демон)» 최종본 마무리
서사시 «견습 수도사(Мцыри)» 완성, «명상(Дума)» 발표

1840년 장편소설 «우리시대의 영웅(Герой нашего времени)» 출판,
프랑스 대사 아들 에르네스트 드 바란트와 결투로 인해 다시
카프카스로 유배

1840년 «레르몬토프 시집(Стихотворения М. Лермонтова)» 출판

1841년 시 «나 홀로 길을 나서네(Выхожу один я на дорогу)»,
«조국(Родина)», «절벽(Утес)», «꿈(Сон)», «예언자(Пророк)»
발표

1841년 «우리시대의 영웅(Герой нашего времени)» 제2판 출간
휴가를 마치고 수도를 기한 내에 떠나라는 명령을 받고 카프
카스로 복귀하던 중 퍄티고르스크 근처 온천 휴양지에서 사관
학교 친구인 마르틔노프와의 결투로 사망(27세)

1842년 펜자현(縣) 타르한에 있는 외가의 가족 묘지에 안장

이미지 출처 및 검색일

[그림 1] http://i.mycdn.me/i?r=AzEPZsRbOZEKgBhR0XGMT1Rk0mUoogkxw
OMd5nn3t bkWqqaKTM5SRkZCeTgDn6uOyic (검색일: 2020.12.14.)

[그림 2] https://qwizz.ru/wp-content/uploads/2018/12/interesnye-fakty-o-
lermontove3.jpg (검색일: 2020.12.18.)

[그림 3] http://lermontov-lit.ru/images/bio-3254/3254-8_11.jpg
(검색일: 2020.12.18.)

[그림 4] https://img-fotki.yandex.ru/get/15516/86441892.994/0_11b580_d4a
bc7b3_orig.jpg (검색일: 2020.12.18.)

[그림 5] https://i.pinimg.com/736x/af/99/85/af998553b3103347bc4fefb217f37
98b.jpg (검색일: 2020.12.18.)

[그림 6] https://ds05.infourok.ru/uploads/ex/1177/00026eee-8a641659/img
2.jpg (검색일: 2020.12.14.)

[그림 7] https://en.24smi.org/public/media/2018/2/12/02-ssw9cag.jpg
(검색일: 2020.12.06.)

[그림 8] https://ds05.infourok.ru/uploads/ex/09bc/000a1bdb-ab70614a/img
11.jpg (검색일: 2020.12.18.)

[그림 9] https://www.tcmb.ru/images/phocagallery/lermontov2.jpg
(검색일: 2020.12.14.)

[그림 10] https://avatars.mds.yandex.net/get-zen_doc/108057/pub_5bc43f2f35
b68100aa41617f_5be4a0bc62ffc200aa9338bc/scale_1200
(검색일: 2020.12.18.)

[그림 11] https://ds05.infourok.ru/uploads/ex/08b1/000734a0-24d5a02d/hello
_html_4169af1.jpg (검색일: 2020.12.14.)

[그림 12] http://lermont-moscow.ru/images/stories/Images/01/barbara-bakh
metev.jpg (검색일: 2020.12.18.)

[그림 13] https://coollib.net/i/80/292080/_352.jpg (검색일: 2020.12.14.)

[그림 14] https://ds05.infourok.ru/uploads/ex/0b40/000c2cb7-ec97e515/img1.jpg (검색일: 2020.12.14.)

[그림 15] https://ds05.infourok.ru/uploads/ex/137e/000bd34d-d45ce5e5/hello_html_3e9efcde.jpg (검색일: 2020.12.14.)

[그림 16] https://tur-ray.ru/wp-content/uploads/2019/11/risovannaya-kartinka-dueli-lermontova.jpg (검색일: 2020.12.18.)

[그림 17] https://ic.pics.livejournal.com/val9670/70861012/452764/452764_original.jpg (검색일: 2020.12.18.)

[그림 18] https://ds05.infourok.ru/uploads/ex/0d3b/0007e8f2-1f6e8bf2/img16.jpg (검색일: 2020.12.14.)

[그림 19] http://i.mycdn.me/i?r=AzEPZsRbOZEKgBhR0XGMT1RkZ0OEgfFn TgkfP-b7M Db76qaKTM5SRkZCeTgDn6uOyic (검색일: 2020.12.18.)

[그림 20] https://ds04.infourok.ru/uploads/ex/10de/00192aa5-1b77effe/img3.jpg (검색일: 2020.12.18.)

[그림 21] https://russiacitypass.com/storage/d/da/5b34d8052b00a.jpg (검색일: 2020.12.18.)

[그림 22] https://sun9-41.userapi.com/c305613/v305613284/2d65/8253DtWQ O7Y.jpg (검색일: 2020.12.18.)

[그림 23] https://wikiway.com/upload/hl-photo/f13/359/mesto_dueli_lermontova_10.jpg (검색일: 2020.12.18.)

[그림 24] https://fsd.videouroki.net/html/2017/11/19/v_5a118997e7689/img9.jpg (검색일: 2020.12.14.)

[그림 25] https://live.staticflickr.com/65535/50239757573_caebc4fa73_c.jpg (검색일: 2020.12.14.)

[그림 26] https://avatars.mds.yandex.net/get-zen_doc/1209363/pub_5c6ae59 aef11b700af1e7a6b_5c6ae81cb7060900afb97e21/scale_1200 (검색일: 2020.12.26.)

[그림 27] https://pbs.twimg.com/media/CHVK8ihWwAAhU-L.jpg:large (검색일: 2020.12.14.)

[그림 28] http://nrlib.ru/images/stories/Virtual/ler.jpg (검색일: 2020.12.18.)

[그림 29] https://dk-drujba.com/sites/drujba/files/news/Lermontov_1.jpg (검색일: 2020.12.18.)

[그림 30] https://s.vtambove.ru/localStorage/news/18/b5/8e/41/18b58e41.jpg
         (검색일: 2020.12.18.)

[그림 31] https://ds04.infourok.ru/uploads/ex/0d5d/000823ac-c78be01d/img2.
         jpg (검색일: 2020.12.18.)

[그림 32] http://temples.ru/private/f000613/613_0143629b.jpg
         (검색일: 2020.12.18.)

홍기순

한국외국어대학교 노어과 졸업.
레닌그라드(현 상트 페테르부르크) 국립 대학교 석사.
러시아 국립 사범대학교 박사.
현재 선문대학교 러시아어학과 교수.

논문으로는 「러시아 상징주의 시인들의 시에 나타난 동양적 모티브」 외에 러시아 시와
소설에 대한 다수의 논문이 있음.
역서로는 네크라소프의 『누구에게 러시아는 살기 좋은가』, 톨스토이의 『소년시절, 청소년
시절, 청년시절』, 체호프의 『안톤 체호프 선집5-희곡선』 등이 있음.

작품 해설과 함께 읽는
미하일 유리예비치 레르몬토프의 사랑과 시와 연인

2020년 12월 29일 초판 1쇄 펴냄

지은이 홍기순
펴낸이 김흥국
펴낸곳 도서출판 보고사

책임편집 이순민
표지디자인 손정자

등록 1990년 12월 13일 제6-0429호
주소 경기도 파주시 회동길 337-15 보고사
전화 031-955-9797(대표), 02-922-5120~1(편집), 02-922-2246(영업)
팩스 02-922-6990
메일 kanapub3@naver.com / bogosabooks@naver.com
http://www.bogosabooks.co.kr

ISBN 979-11-6587-130-7   93890
ⓒ 홍기순, 2020

정가 16,000원
사전 동의 없는 무단 전재 및 복제를 금합니다.
잘못 만들어진 책은 바꾸어 드립니다.